TOVE JANSSON
TROLLKARLENS HATT

たのしいムーミン一家 特装版

トーベ・ヤンソン
山室 静＝訳

講談社

ムーミントロール

ムーミン家のひとりむすこ。
好奇心《こうきしん》が強く、
パパに似《に》て冒険好《ぼうけんず》き。

スニフ

ムーミントロールの友だち。
おくびょうで泣き虫。

スノークのおじょうさん

ムーミントロールの
ガールフレンド。
前髪《まえがみ》を大切にしている。

ムーミンパパ

ムーミントロールのお父さん。
冒険好きで、青春時代の
思い出を書いている。

ムーミンママ

ムーミントロールのお母さん。
世話好きで、やさしい。

スナフキン

ムーミントロールの友だち。
自由と孤独《こどく》を愛する旅人。

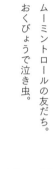

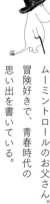

ヘムレンさん

ヘムル族のひとり。
世界中の切手を集めている。

じゃこうねずみ

ムーミンやしきに住む、
へんくつな哲学者《てつがくしゃ》。

ニョロニョロ

口をきかない、
ふしぎな生きもの。

トフスランとビフスラン

おかしなことばをしゃべる
小さなふたり組。

飛行おに

宝石《ほうせき》「ルビーの王さま」を
もとめて、
宇宙《うちゅう》を飛び回る。

N.W.
N.E.
W
E
S.W.
S
S.E.
ニョロニョロの島
おさびし山
どうくつ
砂州
ライラック
のしげみ
たきぎ小屋
ジャスミンのしげみ
ムーミンやしき
たばこ畑
KARTA ÖVER
MUMINDALEN
ムーミン谷の地図
Tove

序章《じょしょう》

　ある灰色《はいいろ》にくもった日のことです。ムーミン谷《だに》に、初雪がふりました。

　雪はしんしんとふり積もり、やがて、なにもかもまっ白に染《そ》めていきました。

　ムーミントロールはドアのところに立って、谷間が白い冬の毛布《もうふ》でおおわれていくのをじっと見ていました。そして、静かに思いをめぐらせました。

（いよいよ今夜、ぼくたちは長い冬の眠《ねむ》りにつくんだぞ）

　ムーミントロールたちは、十一月になると冬眠《とうみん》に入ります。寒さと暗さが好きでないものには、うまいやり方ではないでしょうか。

　ドアを閉《し》めて、ムーミントロールはママのところへかけよりました。

「雪がふってきたよ」

「知っていますよ。もう、みんなのベッドに、いちばんあったかいおふとんを用意しておいたわ。あなたはスニフといっしょに、西の屋根裏部屋《やねうらべや》で寝《ね》なさいね」

と、ムーミンママはいいました。

「でも、スニフはひどいいびきをかくんだよ。スナフキンといっしょに寝ちゃだめ？」

「好きにしていいわよ。それならスニフは、東の屋根裏部屋で寝たらいいもの」

それからムーミン一家は、友だちや知りあいと、長い冬をむかえるためのきちんとしたあいさつを交《か》わしました。

ムーミンママはお客のために、ベランダに食事をならべましたが、出すものは、もみの葉しかありませんでした。冬中ゆっくりと眠《ねむ》ろうと思ったら、おなかにどっさりもみの葉をつめこんでおくことが、大切なんです。

あんまりおいしくなかったでしょうが、夜ごはんがおわると、みんなはいつもより少していねいに、

「では、おやすみなさい」

といいあいました。

「よく歯をみがかなくちゃだめよ」

ムーミンママは、みんなにいい聞かせました。ムーミンパパは、家中を見回って、ドアや

窓《まど》を閉《し》め、シャンデリアの上には、ほこりよけにネットをかけました。

それからみんなは、めいめいのベッドにもぐりこみ、ぐあいよくまるまると、耳の上までふとんを引っぱり上げて、なにかたのしいことを考えるのでした。

ところがムーミントロールは、ちょっとため息をついていいました。

「ぼくたち、時間をうんとむだにしちゃうんじゃない？」

「そんなことないよ。ぼくらは夢《ゆめ》を見るんだ。そうして、目がさめたときには、また春がやってきて……」

スナフキンが答えるのを聞きながら、

「むにゃむにゃ……」

ムーミントロールはなにかつぶやきましたが、そのときにはもう、すうっと夢の世界に運ばれていったのです。

外では、しきりに雪がふり積もっていきました。ベランダの階段《かいだん》をうずめ、屋根やひさしから、重たくたれ下がっていました。まもなくムーミンやしきは、一つの大きな雪だるまのようになってしまうことでしょう。

時計も一つまた一つ、チクタクいうのをやめていきました。冬が来たのです。

1章

ムーミントロールとスナフキンとスニフが見つけた魔物《まもの》のぼうしのこと。ふいにあらわれた五つの小さな雲のこと。ヘムレンさんが手に入れた、あたらしい趣味《しゅみ》とは。

ある春の朝四時に、最初のかっこうがムーミンやしきの青い屋根に止まって、
「カッコー、カッコー」
と、八回鳴きました。その声はいくらか、しゃがれていました。なにしろ、まだ春になったばかりでしたから。

それからかっこうは、東のほうへ飛んでいきました。

ムーミントロールは目をさましたものの、長いこと天井《てんじょう》を見つめていましたが、自分がいったいどこにいるのか、なかなかわかりませんでした。なにしろ、百

日百晩《ばん》も眠《ねむ》り通《とお》していたのです。まだ夢《ゆめ》があれこれまとわりついて、もう一度眠りの中へ引きこもうとしていました。

それでまた、ムーミントロールがもそもそやって、寝心地《ねごこち》よくまるまろうとしていたときです。なにかが目にとまって、ぱっちり目が開いてしまいました。スナフキンの寝どこが、からっぽになっているではありませんか。

ムーミントロールは、いそいではね起きました。スナフキンのぼうしも、なくなっています。

「しまった！」

すぐに起き上がり、窓《まど》のところへトコトコ行って、外を見てみました。

(ははあん。スナフキンのやつ、なわばしごをつたって外へ出たな)

ムーミントロールは、自分も窓台によじ登って、短い足を動かしながら、用心深くなわばしごを下りていきました。

しめった土の上には、スナフキンの足あとが、はっきりと残っていました。あっちへまがり、そっちへよろけていて、あとをたどっていくのがなかなかやっかいでした。ときには、ぴょんぴょんはねでもしたらしく、足あとがやたらと重なりあっていました。

(あいつ、うれしくてたまらないって感じだな。きっとここで宙返《ちゅうがえ》りをやったんだ。もう、

まちがいなし）
こんなことを考えていたときです。だしぬけにムーミントロールは、鼻を上げて、耳をぴんと立てました。ずっと遠くから、ハーモニカの音が聞こえてきたのです。それはスナフキンがいちばんきげんのいいときに、吹《ふ》く歌だったではありませんか。

すべてちっちゃな生きものは
しっぽにリボンをむすんでる……

ムーミントロールは、いそいで音のほうへかけだしました。

川のほとりにスナフキンはいました。いつもの古ぼけたぼうしを耳のところまで目深《まぶか》にかぶり、橋の手すりに腰《こし》かけて、川の上にたらした足をぶらんぶらんさせながら。

「やあ」

声をかけて、ムーミントロールはとなりにすわりました。

「よう」

スナフキンは答えると、またハーモニカを吹きつづけました。

お日さまはちょうど、森の上に顔を出したところで、まっ正面からふたりを照らしました。あまりのまぶしさに、ふたりは目をぱちぱちやりました。そうやって、流れていく川面《かわも》の上で足をぶらつかせているのは、とてもたのしい、のんびりした気持ちでした。

この川からのりだしていって、ふたりはいろんなおもしろい冒険《ぼうけん》をしてきました。そして、ムーミン谷へ帰ってくるたびに、あたらしい友だちをつれてきたのです。

ムーミントロールのパパとママは、ちっとも怒《おこ》らないで、いつでもどんな友だちでもむかえてくれました。ベッドをこしらえ、食事のテーブルに席を作ってくれるのでした。

そんなわけで、ムーミンやしきはいつもにぎやかでした。だれでも好きにやっていましたし、明日《あした》のことなんかちっとも気にかけません。ちょいちょい、思いがけないこまったことが起こりましたが、そのおかげで、退屈《たいくつ》することもありませんでした。これって、本当にいいことですよね。

スナフキンは春の歌を吹《ふ》きおえると、ハーモニカをポケットにつっこんで、いいました。

「スニフは、もう目がさめたかな」

「まだじゃないの。あいつはいつも、みんなより一週間は長く寝《ね》てるもの」

ムーミントロールは答えました。

「それなら、起こしてやろう」

スナフキンは、ぴょいと手すりから飛び下りました。

「今日はいいお天気になるらしいから、とっておきのことをしなくちゃね」

ムーミントロールは、スニフの寝《ね》ている窓《まど》の下に行って、ひみつの合図を送りました。三回ふつうに口笛を吹《ふ》いてから、指をくわえてピューッと高く吹き鳴らします。これが、

「なにかはじめるぞ！」

という意味なのです。

たちまち、スニフのいびきの音がやみました。けれども、上の部屋でスニフが起き上がった気配は、少しもありません。

「もう一回！」

スナフキンがいって、ふたりはもっと強くピューッとやりました。

たちまち、いきおいよく窓が開いて、

「ぼく、まだ寝てるんだぞ！」

スニフの怒《おこ》った声がしました。

「怒ってなんかいないで、下りてこいよ。ぼくたち、とっておきのことをはじめるんだぜ」

スナフキンがいうと、スニフは寝ぐせのついた耳をのばしながら、なわばしごを下りてきました。

いいそびれましたが、家の階段《かいだん》は時間がかかるので、どの窓の下にもなわばしごがぶら下

げてあるのです。

たしかに今日は、すばらしいお天気になりそうでした。どこもかしこも、長い冬の眠《ねむ》りからさめたばかりのはい虫《むし》たちでいっぱいです。みんなまだ半分寝《ね》ぼけまなこで、あちこち走り回っていました。

見おぼえのある場所を探《さが》してるものや、服に風をあてているもの、口ひげにブラシをかけたり、せっせと住まいを片《かた》づけたり修理《しゅうり》したり、春になってあたらしい家を建てているものもいました。

三人はときおり立ち止まって、そのようすをながめましたが、いいあらそいの声が聞こえることもありました。

こんなに長いこと眠ったあとでは、目がさめたって、とかくきげんがわるいものですからね。春の最初の日は、けんかが多いのですよ。

あちこちで、木《き》の精《せい》たちが枝《えだ》にすわり、長い髪《かみ》をとかしていました。木の北側の雪だまりでは、赤ちゃんねずみや小さなはい虫たちが、せっせとトンネルを掘《ほ》っています。

「うれしい春だね。冬の間はどうだったかい」

年とったヘビが、ムーミントロールに声をかけました。

「ありがとう。いいぐあいでしたよ。おじさんはよく眠れましたか？」

「よく寝《ね》たよ。パパとママによろしくな」

こんなふうに歩きながら、いろんな人たちとおしゃべりしました。でも、山道を登っていくにつれ、出会いもだんだん少なくなりました。しまいには、春のそうじで大いそがしのお母さんねずみくらいしか、見かけませんでした。

あたり一面、雪がゆるんでいます。

「うわ、なんてひどい道なんだ。こんなに雪があっちゃ、ムーミントロールによくないんだって、ママがいってたよ」

ムーミントロールは、とけかけた雪の中を大またで歩きながらいいました。それから、はくしょん、とくしゃみを一つしました。

「ねえ、ムーミントロール、ぼく、いいことを思いついたんだ」

と、スナフキンが口を開きました。

「あの山のてっぺんに登って、ぼくらが最初に行ったしるしに、石を積み上げるのはどうだろ」

「いいね、それ。行こうよ!」

スニフは大声で賛成《さんせい》し、いちばん乗りしようと、さっそく出発しました。

頂上《ちょうじょう》につくと、春の風がおどりはねていました。足の下には、遠く遠く美しい緑が広がっ

ていました。
　西には海が、東にはおさびし山《やま》をとりまいて、うねる川が見えます。北は大きな森が春のじゅうたんを広げ、南を見ればムーミンやしきのえんとつから、けむりが立ち上っていました。ムーミンママが、朝ごはんのしたくをしているのでしょう。
　ところがスニフときたら、そんなことには目もくれませんでした。なにしろ、山のてっぺんにぼうしがのっかっていたのです。黒いシルクハットでした。
「もうだれか、先に来たみたい！」

スニフがさけびました。

ムーミントロールはぼうしを手に取って、じっとながめました。

「すごくいいぼうしだね。スナフキン、きみにぴったりじゃない？」

「だめだめ、あたらしすぎるよ」

スナフキンは、自分の緑色の古いぼうしが気に入っているのです。

「もしかして、パパがよろこぶかもしれないな」

と、ムーミントロールがまよっていると、スニフがいいました。

「とにかく、持っていこうよ。だけどもう、家に帰りたい。ぼく、とってもおなかがすいちゃったんだ。きみたちは、どう？」

「たしかに！」

ムーミントロールとスナフキンも、賛成《さんせい》しました。

そんなわけでムーミントロールたちは、そのふしぎなぼうしを家に持ち帰ったのです。それが飛行《ひこう》おにのぼうしで、やがてムーミン谷に魔法《まほう》がかかり、ふしぎなできごとで大さわぎになろうとは、思いもかけませんでした。

ムーミントロールたちが、ベランダにもどってきたときには、ほかのみんなはもう朝ごはんをすませて、そこらに出かけていました。ムーミンパパだけが残って、新聞を読んでいました。

「ふむふむ、おまえたちも、もう目をさましていたんだね。今日の新聞は、たいしたことがのってないぞ。小川のダムがくずれて、アリがどっさり流されたが、みんな救《すく》い出《だ》されたというのと、朝四時に、春一番のかっこうがこの谷にやってきて、東の空へ飛んでいった、という記事だけだ」

このかっこうのことは、もちろんよいしるしでした。もっとも、西へ飛んでいったのなら、なおさらよかったのですけどね。

「見てよ、ぼくたちが見つけてきたんだ。きれいな黒いシルクハット、パパにあげるね」

ムーミントロールが得意《とくい》げにいいました。

ムーミンパパは、ぼうしをていねいに調べてから、居間《いま》の鏡台の前でかぶってみました。ぼうしは大きすぎて前が見えなくなるほどでしたが、立派《りっぱ》でした。

「ママ！　パパを見に来てよ！」

ムーミントロールはさけびました。

ママは台所のドアを開けると、びっくりしてパパを見つめました。

「似合《にあ》うかね？」

ムーミンパパが聞きました。

「そうね、とてもかっこよく見えるわ。でも、いくらか大きすぎないかしら」

「これならどうかな」

パパは、ぼうしをななめにかぶり直しました。

「ええ、まあ、なかなかいいわね。でもどうかしら、あなたはぼうしをかぶらないほうが、威厳《いげん》があると思うのよ」

パパは鏡に向かって、自分のすがたを前から後ろから、また横からもうつしてみましたが、ふうっとため息をついて、ぼうしを鏡台の上に置いていいました。

「ママのいうとおりだ。みんながみんな、気取ってかざりたてる必要もあるまい」

「あなたは、そのままですてきですもの」

ムーミンママはやさしくいってから、

「さあ、子どもたち。たまごをおあがりなさい。冬中、もみの葉しかおなかに入っていなかったんですものね」

とつづけて、また台所に消えていきました。

「だけど、あのぼうしはどうするのさ。すばらしいものなのに！」

スニフがいいました。

「ごみ箱にしたらいい」

ムーミンパパはそういい残して、思い出の記を書くために、二階へ上がっていきました。山あり谷ありの波乱《はらん》に満ちた若《わか》き日のことを、長い長い本にしているのです。

スナフキンはぼうしを、鏡台と台所のドアのすきまに置きました。

「これでまた一つ、家具がふえたわけだね」

にやにやしながら、スナフキンがいいました。どうしてみんながやたらに持ちものをほしがるのか、よくわからなかったのです。スナフキンときたら、服なんて生まれたときから着ている古ぼけたもので満ちたりていましたし（といっても、彼《かれ》がいつどこで生まれたのか、だれひとり知りません）、ぜったい手放さない大切な持ちものといえば、たった一つ、ハーモニカだけでしたからね。

「朝ごはんがすんだら、スノークたちのようすを見に行こうよ」

ムーミントロールはそういって、庭へ出ていくまえに、食べたたまごのからをあのごみ箱に投げ入れました。なにしろ、育ちのよい（って、たまにはですけど）ムーミンでしたもの。

さて、居間《いま》にはだれもいなくなりました。

たまごのからが入った黒いぼうしは、鏡台と台所のドアのすきまに置かれていましたが、そのとき、世にもふしぎなことが起こったのです。からのかたちが、変わりはじめたのでした。

そうです、この魔物《まもの》のぼうしにしばらく入っていたものは、すっかりべつのものに変わってしまうのです。いったいどんなふうになるか、想像《そうぞう》もできないものにね。

だからムーミンパパにこのぼうしが似合《にあ》わなかったのは、さいわいでした。というのも、もう少し長くかぶっていたら、パパはどうなってしまったでしょう。すべての小さい生きものの守り神は、ちゃんと知ってらしたのです。パパはおかげで、ほんのわずか頭がいたくなっただけですみました。それも、午後にはなおりましたけれど。

その間も、ぼうしに残っていたたまごのからは、ゆっくりすがたを変えていきました。色は白いままでしたけれど、どんどんふくらんで、ふわふわやわらかくなっていき、みるみるうちにごみ箱いっぱいになりました。そしてあっという間に、小さくてまるい雲が五つ、ぼうしの中から飛び出して、ベランダをただよい、ぽよんぽよんと階段《かいだん》を下りていったと思うと、地面のすぐ上に浮《う》かんだではありませんか。

ぼうしの中は、からっぽになっていました。

「なんてこった」

ムーミントロールは、おどろきの声をあげました。

「火事かな？」

スノークが心配そうに聞きました。

雲は、まるで待っているみたいに形も変えず、ふわふわと浮かんでいます。

スノークのおじょうさんがそっと手をのばして、いちばん近くにあった雲にさわり、おどろいていいました。

「まあ、わたみたい」

みんなもそばに来て、さわってみました。

「ちっちゃいクッションのようだねえ」

と、スニフはいいました。

スナフキンがそっとおしてみると、雲はふうっとすべるように動いて、また止まりました。

「これ、だれのかな？　どうやって、ベランダに入ってきたんだろ？」

とスニフがいい、ムーミントロールは首をふって答えました。

「こんなおかしなもの、初めて見たぞ。ママをつれてこようか」

「だめよ、だめ。わたしたち、自分で調べてみましょうよ」

スノークのおじょうさんは、雲を一つ引っぱり下ろして、なでてみました。

「とってもやわらかいわ」

こういったと思うと、つぎの瞬間《しゅんかん》、おじょうさんは雲にすわって、ブランコのようにゆらゆらとゆらしながら、くすくす笑っていました。

「ぼくも！」

スニフはさわいで、べつの雲に飛び乗りました。

「ほら、ジャンプだ！」

というと、雲はふわりと動いて、地面から静かに舞《ま》い上《あ》がったのです。

「やったあ、動いたぞ！」

スニフがはしゃぎました。

たちまちみんなも雲の上に乗って、

「ジャンプ、ジャンプ、ジャンプ！」

とさけびました。

はじめのうち、雲はおとなしくて大きいウサギみたいに、あちこちはねていましたが、とうとうスノークが、舵《かじ》の取り方を発見しました。片足《かたあし》で軽くおすと、雲は向きを変えます。両足でぎゅっとすると、全速力で前へ進み、ちょっとゆらすと後ろへ、体をじっとさせれば雲は止まるのでした。

みんなはとてもおもしろくなってしまって、木のてっぺんや、ムーミンやしきの屋根のあたりまで、雲を飛ばしてみました。

ムーミントロールは、パパの部屋の窓《まど》まで上がって、

「コケコッコー」

と大声でいいました。夢中《むちゅう》になっていて、気のきいたことばが思いつかなかったのです。

ムーミンパパは、手にしていたペンを思わず落とすと、窓にかけよりました。

「こりゃいったい、なんということだ！」

「パパの本に書いたら、おもしろくなるよ」

あっけにとられているパパにこういい残して、ムーミントロールは舵を台所の窓へ取って、ママに呼《よ》びかけました。しかしムーミンママは、大いそぎでピッティパンナ（じゃがいもとハムなどのいためもの）を作っているところだったので、こういっただけでした。

「あらまあ、こんどはなにを見つけたの？　ただ、落ちないように気をつけてね」

つづいて庭へ下りていくと、スノークとスナフキンが、あたらしい遊びを見つけていました。おたがいに雲を全速力で走らせて、ボンとぶつかり合い、先に落っこちたほうが負けになるのです。

「見てろよ！」

スナフキンはそうさけんで、両足で雲をぎゅっとおさえつけました。

「さあ、行け！」

でもスノークは、たくみに身をかわして、下から不意打ちをかけました。雲がひっくり返り、スナフキンは頭から花壇《かだん》に落ちて、鼻までぼうしにつっこんでしまいました。

「第三ラウンド！」

スニフが声を張《は》りあげます。レフェリーとして、みんなより少し上を飛んでいます。

「これで二対一。いいかい？　レディ、ゴー！」

「ぼくたち、空の散歩に行かない？」

ムーミントロールは、スノークのおじょうさんに聞いてみました。

「いいわね。どこへ行く？」

スノークのおじょうさんはムーミントロールとならんで、上のほうに舵《かじ》を取りました。

「ヘムレンさんを探《さが》して、おどろかしてやろうよ」

ふたりは庭の上をひと回りしてみましたが、いつもならそのあたりにいるはずのヘムル族のヘムレンさんが見あたりません。

「遠くへ行ったはずはないわ。ほんの少しまえに見たときは、切手の整理をしていたもの」

スノークのおじょうさんがいいました。

「だけど、あれはもう、半年まえのことだろ？」

「あら、そうだったわ。あれからわたしたち、ずうっと眠《ねむ》っていたのよね」

「それで、きみはよく眠れた？」

スノークのおじょうさんは、上品にふわりと木のてっぺんまで飛んでいって、しばらく考えてから答えました。

「わたし、とってもこわい夢《ゆめ》を見たの。黒いシルクハットをかぶったいじわるそうな男の人が、にやっと笑いかけてくるのよ」

「変だな。ぼくもそっくり同じ夢を見たよ。で、その男は、やっぱり白い手ぶくろをしていた？」

「ええ、そのとおり」

スノークのおじょうさんは、うなずきました。

それからふたりは森の中をゆっくりぬけていきながら、しばらく夢《ゆめ》のことを考えていました。

するととつぜん、ヘムレンさんのすがたが目に入りました。手を後ろで組んで、うつむきながら、うろうろ歩いています。

ムーミントロールとスノークのおじょうさんは、ヘムレンさんの両わきにすべるように着地するやいなや、大きな声をかけました。

「おはようございます！」

「うわ！　こら、びっくりするじゃないか！　いきなりそんなことをされたら、心臓《しんぞう》が止まりかねんぞ」

ヘムレンさんは、わめきました。

「あら、ごめんなさい。でも、わたしたちの乗ってるこれ、すてきでしょう！」

スノークのおじょうさんがいいました。

「こりゃあ、すごい。だが、おまえさんたちがとっぴょうしもないことをやるのは慣《な》れてるから、おどろきゃしないよ。それに、わしは今、ゆううつなんだ」

「まあ、どうしたの？　こんなにいいお天気なのに」

スノークのおじょうさんは、やさしくたずねました。

「おまえさんたちにゃ、どうにもわかるまい」

こういって、ヘムレンさんは頭をふりました。

「あててみるね。また、めずらしい印刷ミスの切手をなくしたんじゃない？」

ムーミントロールが聞くと、ヘムレンさんはため息をついていいました。

「まさか。わしはぜんぶ持っておる。一枚《まい》残らずだ。わしの切手コレクションは、完璧《かんぺき》だ。欠けているものなど、一枚もない」

「そうよ、すばらしいものよねえ」

スノークのおじょうさんが元気づけようとしましたが、ヘムレンさんはうめきました。

「だから、おまえさんたちにはわからないことだって、いっただろう」

ムーミントロールとスノークのおじょうさんは、心配そうに顔を見合わせました。それからヘムレンさんのかなしみを考えて、少しばかり、雲を後ずさりさせました。

ヘムレンさんは、のろのろと歩きつづけています。ふたりは、ヘムレンさんが話す気になるまで、そっとしておくことにしました。

やがて、ヘムレンさんはさけびました。

「ふん！　なんてくだらない！」

それからまたしばらくして、こう、つけくわえました。

「あんなものがなんになる。わしの切手コレクションは、トイレの紙にでもしてくれ！」

「でもヘムレンさん、そんなこといわないで。あなたの切手コレクションは、世界一立派《りっぱ》よ！」

おどろいたスノークのおじょうさんが、口をはさみましたが、ヘムレンさんはやぶれかぶれで、つづけました。

「そうだとも！　完璧《かんぺき》なんだ！　印刷ミスの切手だって、手に入らなかった切手は一枚《まい》もない。一枚たりともな。で、これからわしはどうすればいいんだ？」

「事情《じじょう》がわかってきたぞ」

と、ムーミントロールはおもむろにいいました。

「ねえ、ヘムレンさん。あなたはもう切手を集める人じゃなくて、コレクションを持っているだけの人になってしまったんですね。ところが、それはぜんぜんたのしくない――」

「ああ、ちっともな」

がっかりしたヘムレンさんはつぶやくと、しわだらけの顔をふたりに向けました。

スノークのおじょうさんは、やさしくヘムレンさんの肩《かた》をたたきました。

「ねえ、ヘムレンさん。わたし、いいこと思いついたわ。なにか、ほかのものを集めたらどうかしら。なにか、まるきりべつのものを」

「そうなんだがね」

ヘムレンさんはいいましたが、浮《う》かない顔つきのままでした。なにしろこれほど大きななやみが、すぐによくなるわけがないと考えてたからなんです。

「たとえば、チョウを集めてみたら？」

ムーミントロールが提案《ていあん》しました。

「だめ、だめ。もう、わしの父方のいとこが集めている。今からじゃ、あいつにはかなわん」

ヘムレンさんは、またもや暗い顔をしました。

「シルクのリボンはどうかしら？」

スノークのおじょうさんがいいましたが、ヘムレン

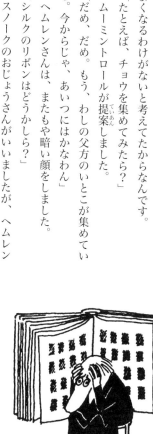

さんはただ「ふん」と返しただけでした。

「宝石《ほうせき》は？　あれなら、いくら集めてもきりがないくらいよ！」

スノークのおじょうさんの期待をこめたことばも、ヘムレンさんはやっぱり相手にしませ
ん。

「ああ、もうどうしたらいいかわからないわ」

するとムーミントロールが、なぐさめるようにいいました。

「ぼくたちでなにか考えてあげますよ。きっとママなら、なにか知ってると思うんだ。ところで、じゃこうねずみさんを見かけませんでしたか」

「あいつは、まだ寝《ね》てるよ。そんなに早く起きたってむだじゃといっておったが、まったくそのとおりだな」

かなしそうにいって、ヘムレンさんはまた、ひとりで森の中を歩き回るのでした。

ムーミントロールとスノークのおじょうさんは、雲をあやつって木のてっぺんまで行くと、太陽の光をあびて、のんびりと風にゆられました。そうしながら、ヘムレンさんのあたらしいコレクションについて、いろいろと考えてみたのです。

「貝がらはどうかしら」

「あとは、ズボンのボタンとか？」

でも、ぽかぽかあたたかくて、ふたりは眠《ねむ》くなってきました。これでは、考えごとどころじゃありません。雲の上に寝《ね》ころがって春の空を見上げると、ひばりたちがさえずっていました。

するとふいに、春の最初のチョウを目にしたのです。

その年、初めて見たチョウが黄色なら、たのしいことでいっぱいの夏になるし、白いチョウなら、おだやかな夏になるといわれています。黒だの茶色だののチョウは、話になりません。そんなのはかなしすぎますよね。

ところが、そのときあらわれたチョウは金色だったのです。

「どういう意味があるんだろ。金色の

チョウなんて見たことないや」

ムーミントロールがいうと、スノークのおじょうさんは答えました。

「金色なら、黄色よりもっとすばらしいってことよ。きっと、そうだわ」

やがて、夕ごはんに家へ帰ると、ふたりは入り口の階段《かいだん》でヘムレンさんに会いました。ヘムレンさんの顔は、うれしさのあまり輝《かがや》いていました。

「あれ、集めるものが決まったんですか」

ムーミントロールがたずねると、ヘムレンさんは声を張《は》りあげました。

「植物だ。わしは植物採集《さいしゅう》をするぞ！　スノークくんが考えてくれたんだ。わしは世界一立《りっ》派《ぱ》な植物の標本を作るぞ」

ヘムレンさんは、スカートを広げました。ヘムレンさんは、いつもおばさんから相続した服を着ています。ヘムル族はみんな、スカートをはいているようです。少し変わっていますけど、そういうものなんですよ。

そして、初めて採集したものをふたりに見せてくれました。土と枯《か》れ葉《は》の間から、小さくてひょろっとしたキバナノアマナが顔をのぞかせていました。

「学名でいえば、ガゲーア＝ルテーア。コレクションの第一号。完璧《かんぺき》な標本だね」

ヘムレンさんはほこらしげにいって、家の中に入り、テーブルのまん中にドサッと標本をのせました。

するとム、ムーミンママがいいました。

「すみに置いてくださいな、スープを置きますから。さあ、みんなそろったかしら。じゃこうねずみさんったら、まだ寝《ね》ているの？」

「うん、ブタみたいにね」

と、スニフが答えました。

「みんな、今日はたのしかった？」

ムーミンママは、みんなのお皿にスープをよそうと、聞きました。

「すばらしかったよ」

家族みんなが大声でいいました。


つぎの朝、ムーミントロールはたきぎ小屋に行って、昨日の雲を引っぱり出そうとしましたが、五つともすっかり消えていました。一つ残らずです。

でもあの雲が、魔物《まもの》のぼうしの中にまたもや転がっていた、たまごのからと関係があるなんて、だれひとり思いつかなかったのでした。

2章

ムーミントロールがばけものみたいなすがたに変わる。ありじごくへの仕返し。ムーミントロールとスナフキンが、こっそり夜の探検《たんけん》に出かける。

夏の雨がムーミン谷にふりしきる、あたたかくて静かな日のことです。みんなは、家の中でかくれんぼをして遊ぶことにしました。

スニフがおにになって、部屋のすみに立ち、手で鼻先をおおっていましたが、十まで数えると同時にくるりと向きを変えて、探《さが》しにかかりました。はじめはありきたりの場所を、それからふつうならかくれないところを見ていきます。

ムーミントロールはベランダのテーブルの下にもぐっていましたが、少しはらはらしていました。場所がよくないと思っていたのです。スニフがテーブルクロスをめくったら、たちまち見つかってしまうでしょう。

あたりを見回していると、だれかがすみに置いた、あの黒いシルクハットが目にとまりました。

(こりゃ、いい考えだぞ。スニフはまさか、ぼうしの下にかくれているなんて思わないだろうな)

ムーミントロールは、いそいですみまではっていって、ぼうしを頭からすっぽりかぶりました。おなかのところまでしかとどきませんでしたが、小さくかがんでしっぽを引っこめたら、だれにも見えなくなるはずです。

ほかのみんなが、ひとりまたひとりと見つかっていくようすに耳をすましながら、ムーミントロールはくすくす笑いました。ヘムレンさんは、またソファーの下で見つかりました。いつもそこしか、かくれ場所を思いつけないのです。

もうみんな見つかってしまい、こんどはムーミントロールひとりを探《さが》して走り回っています。

ところが、いつまでたっても見つかりません。みんなが探すのにあきてしまったのではないかと、ムーミントロールは心配になってきました。

そこで、ぼうしの下からはい出ると、ドアから顔を出して声をかけてみました。

「おにさんこちら！　こっちだよ！」

スニフは長い間ムーミントロールの顔をまじまじと見つめていましたが、ひどくつめたい声でいいました。

「なんだおまえ」

「あの人、だれなのかしら？」

スノークのおじょうさんが声をひそめていいました。でも、みんなは首をふって、いつまでもムーミントロールをただ見つめているだけでした。

かわいそうなムーミントロール！　魔物《まもの》のぼうしの中にいたために、とてもおかしなすがたに変わってしまったのです。まるかったところはみんなやせてしまい、小さかった部分はどこもかしこも大きくなってしまいました。

しかもいちばんふしぎだったのは、ムーミントロールのほうでは、そんなことになっているなんて、少しも気づかなかったことです。

「みんな、びっくりしたでしょ。ぼくがどこにかくれていたか、ぜんぜんわからなかっただろ！」

長い、針金《はりがね》のような足で、ムーミントロールはよろよろとみんなの前に出てきました。

「おまえのことなんて、関係ないね。それにしても、だれもがあきれるくらいのみにくさだな」

　スノークがいうと、ムーミントロールは、かなしそうに口ごもりました。

「ひどいことをいうなあ。いくら探《さが》すのがたいへんだったからって。こんどは、なにして遊ぶ？」

「そのまえに、まずはあなたが名乗らなくちゃ。わたしたち、あなたがだれか知らないのよ」

　スノークのおじょうさんが、ぴしゃりといいました。

　ムーミントロールはあっけにとられて、おじょうさんを見つめましたが、そのときひらめきました。きっと、これはあたらしい遊びなのです。それで、ゆかいそうに笑っていいました。

「ぼくは、カリフォルニアの王さまだぞ！」

「わたしはスノーク家のむすめ。それから、こっちはわたしの兄よ」

「ぼくはスニフ」

「ぼくはスナフキン」

「おいおい、きみたち、どうしようもないね。もっと気のきいた名まえを思いつけないの？まあいいや、外へ行こうよ。天気はよくなるみたいだし」

こういってムーミントロールは、階段《かいだん》を下りていきました。みんなもおどろいたり、あやしんだりしながら、ついていきます。

「そいつはだれだね」

家の前にすわって、ひまわりのおしべを数えていたヘムレンさんがたずねました。

「カリフォルニアの王さまらしいわ」

スノークのおじょうさんが、ためらいがちにいいました。

「ここに住むのかな」

ヘムレンさんの問いかけにスニフが答えました。

「それはムーミントロールが決めることだよ。だけどあいつ、どこへ行っちゃったんだろ」

ムーミントロールはげらげら笑いました。

「きみもたまには、おもしろいことをいうんだね。じゃあ、ムーミントロールを探《さが》しに行こうか」

「あの子のことを知ってるのか？」

と、スナフキンが聞きました。

「そりゃあね。あたりまえじゃないか！」

ムーミントロールは、このあたらしい遊びが、すっかりゆかいになりました。そして、吹《ふ》き出《だ》しそうになりながらも、われながらうまくやっていると思いました。

「ムーミントロールとは、いつ知りあったの？」スノークのおじょうさんが問いただすと、ムーミントロールは、笑いをこらえながらいいました。

「ぼくたち、いっしょに生まれたのさ。でもあいつは、とんだうぬぼれ野郎《やろう》だからね！　こんなせまい部屋に閉《と》じこめておくのは無理だよ」

「ムーミントロールのことをそんなふうにいうの、ゆるせないわ。世界一のトロールだし、みんなあの子が大好きなんだから！」

スノークのおじょうさんが、カッとなっていったことばで、ムーミントロールはうれしくてしびれそうになりました。

「まったくね！　あいつはまったく、きらわれものの疫病神《やくびょうがみ》さ」

とたんに、スノークのおじょうさんが、おいおい泣きはじめました。兄のスノークは怒《おこ》って、どなりました。

「出ていけ！　さもないと、ぶちのめすぞ」

「おいおい、こんなのただの遊びじゃないか！　みんなが、ぼくのことをそんなに好きでいてくれてるなんて、とってもうれしいけどね」

ムーミントロールはびっくりしていいました。

「おまえのことなんか、好きなわけないだろ！　ぼくらのムーミントロールにけちをつける最低の王さまなんて、追っぱらっちまえ」

スニフがきいきい声を張《は》りあげました。

そこでみんなはいっせいに、かわいそうなムーミントロールに飛びかかりました。びっくりするあまり、ムーミントロールはされるがままになっていました。そんなわけで、ようやく怒《いか》りに火がついたときは、手おくれでした。よってたかって、手やしっぽでたたかれたり、どなりつけられたりしていたのです。

さわぎを聞きつけたムーミンママが、階段《かいだん》まで出てきました。

「子どもたち、なにをしてるの！　けんかはやめなさい！」

ママがさけぶと、スノークのおじょうさんが泣きじゃくりながらいいました。

「みんなでカリフォルニアの王さまをやっつけてるところなの。あんなやつ、そうされたってしかたないわよ」

ムーミントロールはよれよれのすがたで、怒《おこ》りながらやっとはい出してきて、大声でいいました。

「ママ！　あっちが先に手を出してきたんだ。三対一なんてずるいよ」

するとム－ミンママは大まじめな顔でいいました。

「それはいけないわね。でもあなたが、みんなをからかったんでしょ。ところでぼうや、あなたはだれなの？」

「こんないやな遊びは、もうやめてよ。ちっともおもしろくないってば。ぼくはムーミントロールで、そこに立っているのはぼくのママ。決まってるじゃないか！」

ムーミントロールがさけびましたが、スノークのおじょうさんは見下すようにいうのでした。

「あなたがムーミントロール？　まさか。あの子は小さくてかわいい耳をしてるけど、あなたのはなべつかみそっくり！」

ムーミントロールが、あわてて頭に手をやると、とんでもなく大きい、しわだらけの耳があるではないですか。

「でも、ぼくはムーミントロールなんだよ！　信じてくれないの？」

やりきれなくなってムーミントロールは、さけびました。

「ムーミントロールは、かわいいきれいなしっぽなのに、おまえのは、そうじブラシみたいじゃないか」

こんどはスノークがいいました。

ムーミントロールはふるえる手で、おしりのあたりをさわってみました。

「うわっ、ほんとだ」

「おまえの目は、まるっきりお皿じゃないか。ムーミントロールのは、ちっちゃくて、とてもやさしいよ」

こういったのはスニフです。

「そうだそうだ、そのとおり！」

スナフキンが賛成《さんせい》し、ヘムレンさんもはきすてるようにつけくわえました。

「この、うそつきめ！」

「ぼくを信じてくれる人はいないの？」

と、ムーミントロールはたまらなくなって、わめきました。

「よく見てよ、ママ。わかるよね、あなたの息子《むすこ》のムーミントロールだよ！」

ムーミンママは注意深く見つめました。とても長いこと、おびえきっているムーミントロールの、まるでお皿みたいな目をのぞきこんでいましたが、やがて静かにいいました。

「そうね、あなたはたしかにムーミントロールね」

すると、またたく間にムーミントロールのすがたが変わりはじめました。目と耳としっぽがちぢみ、鼻とおなかはふくらんできました。こうしてとうとう、まぎれもないムーミントロールにもどったのです。

ムーミンママはいいました。

「もうだいじょうぶよ、ほら、いらっしゃい。ね、なにが起こったって、わたしにはちゃんとあなたがわかるのよ」


それからしばらくして、ムーミントロールとスノークは、ジャスミンのしげみの下にいました。そこは緑色の葉っぱのカーテンにおおわれた、かくれ家《が》のような場所でした。

スノークが、こんなふうに切り出しました。

「うん。でも、きみがなにかおかしなことをしたから、すがたが変わっちゃったんだろ」

ムーミントロールは頭をふって答えました。

「でも、変なものを見たわけでも、食べたわけでも、ひどいことばをつぶやいたわけでもないんだ」

「それじゃ、たぶんきみは魔法《まほう》の輪にでも入っちゃったのかもしれないな」

スノークは考えこみました。

「よくわかんないや。ぼくはただ、ごみ箱になってる、あの黒いぼうしの中にずっとかくれていたんだもの」

「あのぼうしの中に、だって？」

と、スノークはとても信じられないといった顔をしています。

「そうだよ」

ムーミントロールが答えました。それからふたりは、長いことおしだまったまま、なにか考えていましたが、とつぜん同時にさけびました。

「それって、きっと……」

思わず顔を見合わせます。

「行くぞ！」

スノークがいいました。

ふたりはベランダに上がって、そろりそろりとぼうしに近づきました。

「どう見たって、ふつうのぼうしだよねえ。もちろんシルクハット自体、ごくふつうのぼうしってわけじゃないけどさ」

スノークが口を開きました。

「だけど、どうやってたしかめる？　もう一度あの中に入るなんて、ぼくはごめんだよ」

「そうだね、だれかをそそのかして、入れられないかな」

「そうしたいところだけど、元へもどれるかどうか、わからないんだよ！」

「にくらしいやつなら、かまわないんじゃないか」

と、スノークが提案《ていあん》しました。

「ふむ。心あたりはあるの？」

「大ねずみは？　ぐちゃぐちゃのぬかるみにいるやつ」

スノークのことばに、ムーミントロールは頭をふりました。

「あれは手ごわいよ」

「うーん、じゃあ、ありじごくは？」

「そりゃいい考えだ。あいつはぼくのママを穴《あな》の中へ引きこんで、目に砂《すな》をかけたことがあるんだ」

こういってムーミントロールは、スノークに賛成《さんせい》したのです。

ふたりは大きなびんを抱《かか》えて、ありじごくを探《さが》しに海岸へ下りていきました。ずるがしこいありじごくの穴は、砂浜《すなはま》にありますからね。まもなくスノークが大きな穴を見つけ、ムーミントロールにいきおいよく合図して、ささやきました。

「ここにいるぞ。でもどうやって、びんの中へさそいこんだらいいかな」

「ぼくにまかしとけ」

ムーミントロールも声をひそめていうと、穴から少しはなれた砂の中に、口を上にして、びんをすっぽりとうずめました。それからわざと大声を張《は》りあげたのです。

「ありじごくってやつは、とんだよぼよぼ野郎《やろう》なんだぜ！」

そしてスノークに目くばせしました。ドキドキしながら、ふたりで穴《あな》を見つめました。でも砂《すな》が少し動いただけで、ありじごくはすがたを見せません。

ムーミントロールは、たたみかけます。

「よぼよぼで、とっても弱虫なんだ！　あれじゃあ、砂にもぐるのに何時間もかかるぜ、きっと！」

「ああ、うん、そりゃ知ってるけど……」

「いや、まちがいない。何時間もかかるね」

ムーミントロールは、おおげさに耳をぴくぴくさせました。

とたんに砂の穴から、いきおいよく頭がつき出てきました。目が怒《いか》りに満ちています。

「よぼよぼとかいったのは、おまえか。おれさまはきっちり三秒で、もぐれるんだぞ」

ありじごくは、すっかり怒《おこ》っていたのです。

「信じろっていうんだったら、おじさん、ぼくたちにすごいところを見せてくれますよね」

ムーミントロールは、ねこなで声でいいました。

「おまえら、砂をぶっかけるぞ」

さらに怒《おこ》って、ありじごくがさけびました。

「でもって穴《あな》の中に引きずりこんで、食ってやるからな！」

「いえいえ、どうかごかんべんを。ただ、三秒間で穴へもぐりこむところを、見せてくれませんかね」

と、スノークもびくびくしながら持ちかけます。

「どういうふうにもぐるのかよく見えるように、こっちでやってくれませんか？」

こういってムーミントロールは、びんがうめてある場所をさしました。

「おまえらガキのために、おれさまのはなれわざを見せてやる気があるとでも思ってるのか」

ふたりをあざけるように、ありじごくはいいました。でもやっぱり、自分がどんなに強くて速いか、見せびらかしたいという誘惑《ゆうわく》に勝てなかったのです。ふてぶてしく鼻を鳴らして穴から出てくると、いばりくさって聞きました。

「おい、どこにもぐれって？」

「ここですよ」

ムーミントロールは、びんのうめてある場所をさしました。

ありじごくは肩《かた》を怒《いか》らせ、見るもおそろしいほど、たてがみを逆立《さかだ》ててどなりました。

「どけ！　今からもぐってやるが、もどってきたらおまえらを食っちまうからな。一、二、三！」

たちまちありじごくは、プロペラみたいに猛烈《もうれつ》に足をぐるぐる回して、おしりから砂《すな》の中にもぐりこみました。まっすぐに、こっそりうずめていたびんの中にね。

きっちり三秒で、いえ、もしかしたら二秒半ぐらいだったかもしれません。それほどひどく、怒《おこ》っていたのです。

「早くふたをしなくちゃ！」

ムーミントロールがさけびました。

ふたりは砂をかきわけて、しっかりとふたを閉《し》めました。

それから力を合わせてびんを掘《ほ》り出《だ》し、家まで転がして帰りました。中ではありじごくが、わめいたりののしったりしていましたが、砂にうもれていて声は聞こえません。

「さぞ怒ってるだろうな。もしびんから出てきたらどうなっちゃうか、考えるだけでもぞっとするね」

スノークがいうと、ムーミントロールは、すずしい顔で返しました。

「今は出られやしないさ。でもって、こんど出てくるときは、とんでもないものに変わってるぜ、きっと」

家につくと、ムーミントロールは長い指笛を三度吹《ふ》いて、みんなを呼《よ》び集《あつ》めました。これは、とてもすごいことが起こったぞ、という合図なんです。

みんなはあちこちから集まってきて、ふたをしたびんをとりかこみました。

「なにが入ってるの？」

スニフが聞くと、ムーミントロールはほこらしげに答えました。

「ありじごくさ。本物の、すばらしく怒《おこ》ってるありじごくを、ぼくらはつかまえたんだぜ」

「よくつかまえたわねえ」

スノークのおじょうさんは、感心しています。

「今からこいつを、あのぼうしの中へ入れようってわけさ」

と、スノークが説明し、ムーミントロールもつけくわえました。

「そしたらきっと、ぼくのときみたいに、おかしなものに変身すると思うんだ」

「そりゃ、どういうことだね。説明してくれたまえ」

ヘムレンさんがいいました。

「あのときぼくのすがたが変わったのは、例のぼうしの中にかくれていたからなんです。そのせいだとひらめいて、たしかめようってわけです。ありじごくを入れたら、なにかべつのものに変わるはずですよ」

「だ、だけど、どんなものに変わるかわからないんだよ。ありじごくより、もっと危険《きけん》なものになって、ぼくらみんな、ぱっくり食べられちゃうかもしれないじゃない！」

スニフがわめきました。

みんなは、こわくなってきました。そしてしばらく、おしだまってびんを見つめながら、中から聞こえてくるかすかな音に耳をすましました。

「まあ」

スノークのおじょうさんは心配そうにいうと、体の色が変わってしまいました。スノークたちは、気持ちしだいで色がたびたび変わってしまうのですよ。

するとスナフキンが、いいことを考えつきました。

「変身するまで、ぼうしの上に厚《あつ》い本をのっけておいて、ぼくらはテーブルの下にかくれていよう。なにかためしてみようってときには、どうしたって危険がともなうんだ。かまうもんか、すぐ放りこんでみろよ」

スニフは、あわててテーブルの下にもぐりました。ムーミントロールとスナフキンとヘムレンさんが、びんをぼうしの上に持ち上げて、ひっくり返しました。スノークのおじょうさんが、おそるおそる、ふたをひねります。

砂《すな》けむりといっしょに、ありじごくが、ぼうしの中へ転がり出ました。そして稲光《いなびかり》よりも速く、スノークが重たい外国語の辞書を、ぼうしの上にのせました。

それからみんなは、いそいでテーブルの下にかくれました。でも、なんの気配もありません。

テーブルクロスの下から、みんなは不安げにじっとようすを見ていました。それでも、なにも起こりません。

「あいつ、ただのごみくずになっちまったんだよ」

スニフがいったとたんに、辞書がよれまがってきました。スニフはどぎまぎするあまり、ヘムレンさんの親指をかんでしまいました。

「こらっ。おまえさんが食いついてるのは、わしの指だ！」

ヘムレンさんは、怒《おこ》っていいました。

「あ、ごめんなさい。ぼくの指かと思っちゃった」

辞書はだんだんめくれ上がってきて、ページが枯《か》れ葉《は》みたいにまるまりました。するとページの間から、ぞろぞろと外国のことばが出てきて、ゆかの上をはい回りだしたではあり

ませんか。

「なんだこりゃ！」

ムーミントロールは、思わず声をあげました。

しかし、それだけではありませんでした。ぼうしのつばから水がぽたぽた落ちたかと思うと、ゆかの上に流れ出てきたのです。それで、外国のことばたちはおぼれないように、壁《かべ》にはい上がらねばなりませんでした。

「ありじごくのやつ、ただの水になっちゃったのかな」

スナフキンは、がっかりしていいました。

「水に変わったのは、おそらく砂《すな》だな。ありじごくのやつは、きっともう少ししたら出てくるぞ」

と、スノークはつぶやきました。

みんなはひときわはらはらしながら、もう少し待ちました。スノークのおじょうさんは、ムーミントロールの腕の中に顔をうずめています。スニフはこわがって、しくしく泣いています。

そのとき急に、ぼうしのふちから、とんでもなく小さなはりねずみが顔を出しました。くんくんにおいをかいでから、目をぱちぱちさせました。ぬれて、すっかりぬれねずみになり、毛がからまっていました。

一瞬《いっしゅん》、なにもかもが死んだようにしいんとなりましたが、スナフキンが笑い声をあげました。するとみんなも、息を吹《ふ》き返《かえ》したように笑いだしました。それからはおかしくてたまらず、げらげら笑ったりヒーヒーいいながら、テーブルの下を転げ回りました。

でも、ヘムレンさんだけはべつで、おもしろがりませんでした。びっくりしたように友だちのようすをながめて、いったのでした。

「だってわしらは、ありじごくのすがたが変わるものと思ってたんだろ？　まったくきみたちは、どうしていちいち大さわぎをするのかねえ。わからんなあ」

その間にちびはりねずみは、どうどうと、でも少しかなしそうに、ゆかの上を横切ってドアまでたどりつくと、階段《かいだん》を下りていきました。

水はもう、ぼうしからあふれ出ていませんでしたが、ベランダが湖みたいになっていました。そして天井《てんじょう》は、外国のことばだらけでした。

今までのいきさつを聞いたムーミンパパとママは、とんでもないことだ、そんなぼうしはすぐにすててしまおう、と決めたのでした。

みんなは用心しながら、ぼうしを川まで転がしていくと、ドボンと水の中へつき落としました。

ぼうしが流れていくのを見ながら、ムーミンママはいいました。

「これで、雲もばけものさわぎも片《かた》づきましたよ」

「あの雲はおもしろかったよ。また何度でも出せたのになあ」

ムーミントロールは、がっかりしてつぶやきました。

「取っておきたいのは、洪水《こうずい》も外国のことばもでしょ。もう、ベランダがたいへんなことになってるのよ。ごそごそはい回る小さいのを、いったいどうしたらいいのかしら。家中、しっちゃかめっちゃかよ」

ママはそういいましたが、それでもムーミントロールはあきらめきれませんでした。

「でも、あの雲はたのしかったよ。ほんとにさ」


その晩《ばん》、ムーミントロールはよく眠《ねむ》れませんでした。六月の明るい夜で、目をぱっちり開けて耳をすましていると、なにやらさけんだり、呼《よ》んだりする声、パタパタ歩き回ったりダンスする音が聞こえてきます。空気までもが、花のあまいにおいで満ちていました。

スナフキンは、まだ帰ってきていませんでした。こんな夜はハーモニカを手に、ひとりでそこらをぶらつくのです。

でも今夜は、歌も聞こえてきません。

(きっとスナフキンは、探検《たんけん》に出かけたんだ。そろそろ家の中で寝《ね》るのはごめんだといって、川岸にテントを張《は》るんだろうな)

ムーミントロールは、わけもわからずかなしくなって、ため息をつきました。

ちょうどそのとき、窓《まど》の下から、かすかな口笛が聞こえてきました。ムーミントロールはうれしさで胸《むね》をはずませながら、窓にそっと近づき、外をのぞいてみました。

その口笛は、

「ひみつ!」

という意味です。スナフキンは、なわばしごの下で待っていました。

「きみは、ひみつが守れるかい?」

草の上に下りたムーミントロールに、スナフキンがささやきました。

ムーミントロールはいきおいよく、うなずきました。

すると、スナフキンは身をのりだして、より低い声で耳打ちしたのです。

「あのぼうしが、川を少し下った砂地《すなじ》に流れついてるんだ」

ムーミントロールの目がきらきら輝《かがや》きました。

スナフキンのまゆは、

「行きたいかい？」

とばかりに、きゅっと上がりました。

「もちろん！」

ムーミントロールも耳をぴくっと動かして答えました。

ふたりはまるで影《かげ》のようにこっそりと、夜露《よつゆ》にぬれた庭をぬけて、川へ向かいました。

「ここから川が、二手にわかれてるんだ。なんとしてもぼくたちが、あのぼうしを引き上げなきゃならないぜ。なにしろ、あれのせいで川の水がすっかり赤くなってるんだ。あんなおそろしい色の水を見たら、川下に住んでる人たちは、びっくりしてふるえあがっちゃうよ」

スナフキンは、小さな声で話しかけました。

「こういうことになるかもしれないって、ちゃんと考えておくべきだったんだ」

ムーミントロールはいいながら、夜中にスナフキンと出かけられて、とてもほこらしい気持ちでした。今までだったら、スナフキンは夜の散歩に、ただひとりで出かけていたのですから。

「ここらだったと思うよ。水の中に、色のこい流れが見えないかな？」

「よく見えないなあ。きみとちがって、夜でも見える目じゃないんだもの」

スナフキンに聞かれて、うす暗がりの中でつまずきながら、ムーミントロールは返事しました。

「さあ、どうやって引き上げようかな。まったく、きみのパパがボートを持ってないなんてなあ」

こういいながらスナフキンは、川を見わたしました。

「泳いでいってもいいんだけど。水がつめたくなけりゃね」

ためらいながらムーミントロールがいうと、スナフキンはうたがいの目を向けました。

「きみにできるかなあ」

するとムーミントロールは、とたんにやってやるぞという気になって、きっぱりといいました。

「できるとも！　ぼうしはどのへんにあるの？」

「あっちさ」

スナフキンは、ななめ前を指さしていいました。

「わりとすぐ、川底の砂地《すなじ》に足がつくからね。でも、ぼうしの中に足をつっこまないように、気をつけろ。ぼうしのてっぺんをつかむんだよ」

ムーミントロールは、なまぬるい夏の水の中にすべりこんで、犬みたいに泳ぎだしました。川の流れが急だったので、いくらかおじけづきましたけれど。

砂州《さす》の上に、なんだか黒いものが見えます。しっぽで舵《かじ》を取りながら近づいていくと、まもなく足が川底の砂《すな》にさわりました。

「うまくいったか？」

落ちついたようすで、向こう岸からスナフキンが大きな声をかけました。

「うまくいったぞ！」

ムーミントロールはそういって、バシャバシャと砂州へと進んでいきました。

ぼうしの中から出た暗い色が、うずをまいて川の中へ流れていきました。赤い水です。

ムーミントロールはすくって、こわごわなめてみましたが、思わずつぶやきました。

「こりゃ、すげえや！　ジュースじゃないか。これからは、ぼうしに水を入れるだけで、好きなだけ、こけももジュースが飲めるぞ」

「おーい、つかまえたかあ」

心配そうに、スナフキンがさけびました。

「今、行くよ！」

ムーミントロールは答えると、しっぽにしっかりぼうしをくりつけて、ジャブジャブ水

Tove

の中へ引き返しました。

重いぼうしを引っぱりながら、流れに逆《さか》らって泳ぐのはなかなかやっかいで、岸にたどりついたときには、もうすっかりつかれきっていました。

「ほら、これだよ」

ムーミントロールは息切れしながらも、ほこらしげでした。

「やったね。でも、こいつをどうしたものかな」

「家の中に置くわけにいかないし、庭もだめだね。だれかに見つけられちゃうもの」

と、ムーミントロールはいい、考えていたスナフキンが口を開きました。

「どうくつは？」

「それなら、スニフにはないしょにしておかないと。本当はスニフのどうくつだけどね」

「そうだな……。こんなに大きいひみつ、小さなあいつには、になえないものな」

「ねえ、スナフキン。ぼくがパパにもママにも話せないひみつを持ったのは、これが初めてなんだ」

ムーミントロールは、真剣《しんけん》な顔でいいました。

それからスナフキンがぼうしを抱《かか》えて、ふたりは川ぞいを歩きだしました。橋まで来ると、スナフキンが急に立ち止まったので、ムーミントロールが心配そうに聞きました。

「どうしたの？」

「カナリアだ！　黄色いカナリアが三羽、橋の上に止まってるんだ。夜に出てくるなんて、すごく変だぞ」

「わたし、カナリアじゃありません。ウグイなんです」

と、いちばん近くにいたのが、ピーピーいっています。

「わたしたちは、ちゃんとしたお魚なのよ。三びきとも」

仲間も、さえずりました。

スナフキンは、頭をふっていいました。

「これもあのぼうしのしわざだな。この小さい魚たちは、きっと泳いでるうちにぼうしの中に入って、小鳥に変えられちゃったんだ。さあ、いそいでどうくつへ行って、ぼうしをかくさないと！」

森をぬける間、ムーミントロールはスナフキンの後ろにぴったりくっついていきました。木道の両側から、カサカサ、パタパタと聞こえてくるのが、どうにも不気味だったのです。木のかげから、ときおりきらっと光る小さい目でじっとこちらを見つめられたり、地面や木の上から、だれかに大声で呼《よ》びかけられたりもしました。

「気持ちのいい夜ですねえ」

ムーミントロールのすぐ後ろで、なにかの声がしました。

「ええ、ほんとに」

勇気をふりしぼって返事すると、小さな影《かげ》がムーミントロールのそばをかすめて、闇《やみ》の中に消えていくのでした。

海岸に出ると、いくらか明るくなっていました。海と空のさかいめは、あわい青色で、きらきら輝《かがや》いています。遠くのほうで鳥たちがひっそり鳴いているのが聞こえました。もう、夜明けが近づいているのです。

スナフキンとムーミントロールは、魔物《まもの》のぼうしをどうくつまで運んでいって、いちばん暗いすみのところに、つばを下に向けて置きました。中へなにも入ったりしないようにね。

「とにかく、できるだけのことはやったよな。あとは、あの五つの小さい雲が取りもどせたらなあ」

スナフキンがそういうと、どうくつの入り口に立って、外をながめていたムーミントロールが答えました。

「そうだね！　でもあの雲に乗ったって、こんなにすばらしいながめを見せてくれるかどうかは、わからないさ……」

3章

じゃこうねずみがどうくつにこもったいきさつと、そこでのおそろしい経験《けいけん》。ムーミン一家が冒険号《ぼうけんごう》を手に入れ、ニョロニョロの島へ行き、ヘムレンさんが命からがらのひどい目にあったこと。そしてみんなにおそいかかった、大きな雷雨《らいう》について。

あくる朝、じゃこうねずみはいつものように『すべてがむだであることについて』の本を持って、ハンモックに寝《ね》ころがりました。ところがそのとたんにハンモックのひもが切れて、ドスンと土の上に落ちてしまいました。

「ゆるしがたいことじゃ」

といってじゃこうねずみは、毛布《もうふ》をはねのけました。

「なんとまあ。おけがはありませんか？」

たばこの苗《なえ》に水をやっていたムーミンパパが、聞きました。

じゃこうねずみはゆううつそうに、ひげを引っぱりました。

「もしも大地が張《は》りさけたって、わしはかまわん。これしきのことで、わしの心はみだされん。しかし、こんなばかげたことがつづくのは、好かんのじゃ。じつに、くだらない」

「でも、見ていたのはわたしだけですよ」

ムーミンパパはいいましたが、じゃこうねずみがまくしたてます。

「それだけでも、たくさんじゃ。おまえさんの家に来てからというもの、さんざんな目にあってばかりじゃ。たとえば去年、彗星《すいせい》が転がり落ちてきた。そんなのは、たいしたことじゃない。しかし、あんたがおぼえておるか知らんが、おたくのおくさんが作ったチョコレートケーキの上にしりもちをついてしまった。あれでわしの威厳《いげん》はきずついたんですぞ。しかも、わしのベッドの中にヘアブラシが入っていたことも一度ではない。まったく愚劣《ぐれつ》ないやがらせじゃ。あえていわんでおくが……」

「わかりました、わかりました」

ムーミンパパは、しおれたようすでさえぎりました。

「なにしろこの家には、波風立たない日なんてありませんからね。それに、ひもは古びてくると切れやすくなるものですし……」

「そんな、はかなことがあるものか。わしが命を絶ってしまえば、もちろん、なんの問題もないじゃろう。ところが、ほかの連中が見ていたとしたらどうなる！　わしは人里はなれたさびしい場所に引っこんで、なにもかもすてて、孤独《こどく》と平和の生活を送るぞ。そう、きっぱりと決心したんじゃ」

「おお、そうですか。で、いったいどちらへ？」

ムーミンパパは、感激《かんげき》してたずねました。

「あのどうくつじゃ。あそこなら、くだらんことにじゃまされずに、じっくり考えごとができるからな。一日に二回、食事を持ってきてくれたまえ。ただし、十時よりまえはいけませんぞ」

「わかりました。なにか家具もおとどけしますか」

するとじゃこうねずみは、いくらかやさしい顔になりました。

「そうしてくれてもよいが、ごくかんたんなものでたのみますぞ。悪気はないんじゃろうが、おまえさんの家族はどうも、わしのがまんの限度《げんど》というものをわかっとらんからな」

こうしてじゃこうねずみは、本と毛布《もうふ》を持って、ゆっくりと丘《おか》を登っていきました。

ムーミンパパはほっと息をつくと、また、たばこ畑の水やりにかかりました。そしてあっという間に、なにもかもすっかりわすれてしまったのでした。

どうくつに足をふみ入れたじゃこうねずみは、なにもかも気に入りました。やわらかい砂《すな》の上に毛布《もうふ》を広げてすわると、すぐさま思索《しさく》にふけりました。

二時間ほど、そうしていたでしょうか。すべては静かで、おだやかでした。天井《てんじょう》の岩のさけめから太陽の光が、この孤独《こどく》の楽園にさしこんできます。日ざしが動くにつれて、じゃこうねずみも少しずつ、すわっている場所をずらしました。

（わしは、いつまでもここにいつづけるとしよう。ドタバタとそこらを走り回って、ぺちゃくちゃおしゃべりしたり、家を建てて食事の用意をしたり、財産《さん》をかき集めるなんぞ、なんとむだなことじゃろう！）

じゃこうねずみは、自分のあたらしい住まいを満足そうに見回しました。

すると、例の黒いぼうしが目にとまったのです。ムーミントロールとスナフキンが、うんとすみにかくしておいた、あの魔物《まもの》のぼうしです。

（ごみ箱か。こんなところに来ておったのか。うむ、こいつはいつだって役に立つんじゃ）

じゃこうねずみは思索《しさく》にふけったものの、やっぱり少しばかり眠《ねむ》ることにしました。毛布《もうふ》にくるまると、入れ歯が砂《すな》だらけにならないように、あのぼうしの中に入れました。それから、しあわせな気持ちで眠りについたのでした。

ムーミンやしきでは、朝ごはんにパンケーキを食べていました。ラズベリーのジャムをぬった、大きな黄色いパンケーキです。昨日の残りのオートミールもありましたが、だれも手をつけないので、また明日《あした》の朝に取っておくことにしました。

「わたし、今日はなにか、いつもとちがうことをしたくなったわ」

と、ムーミンママが切り出しました。

「だって、あのいまいましいぼうしをやっかいばらいしたお祝いをしたいし、それに、ずっと同じ場所にいるのは、気がめいるのよ」

「まったくだ。それならどこかへ、ピクニックに行こうか。どうかね？」

ムーミンパパが賛成《さんせい》すると、ヘムレンさんが口出ししました。

「もう、あらゆるところへ行ったからなあ。あたらしい場所なんかないだろうよ」

「いや、きっとありますよ。もしなかったら、みんなで作ったらいいさ。おい、子どもたち、食べるのはそこまで。ごはんを持って出かけるぞ」

パパがいうと、スニフが聞きました。

「もう口の中に入ってるのは、食べてもいい？」

「あたりまえでしょ。さあ、いそいでしたくしましょう。パパは、すぐにも出かけたいんですからね。だけど、よけいなものを持っちゃだめよ。じゃこうねずみさんには、わたしたちがどこへ行ったか、手紙を置いておけばいいわね」

とママがいうと、

「おお、わがしっぽよ！」

ムーミンパパは大声を出しました。このせりふは、おどろいたときにつけるんです。そして、ひたいに手をあてていいました。

「すっかりわすれてた！　どうくつにいるあの人のところへ、食べものと家具を持っていかなくちゃいけなかったんだ」

「どうくつだって？」

ムーミントロールとスナフキンが、同時にさけびました。

「そうなんだ。ハンモックのひもが切れてな。じゃこうねずみは、もう考えごとができなくなって、なにもかもすてて孤独《こどく》になろうとしたんだ。おまえたち、ブラシをあの人のベッドに入れたり、あれこれやらかしただろ。それで、どうくつへ引《ひ》っ越《こ》してしまったのだよ」

パパの話を聞いて、ムーミントロールとスナフキンは青ざめた顔を見合わせました。そうです、あそこにはあのぼうしが……。

「まあ、心配いりませんよ。ピクニックは海岸へ行くことにして、とちゅうでじゃこうねずみさんに食べものをとどけてあげればいいわ」

ムーミンママがいうと、スニフはぐずりました。

「海岸なんてつまんない。どこかべつのところへ行こうよ」

「子どもはおだまり。ママは水あびがしたいんだって。さあ、出かけよう」

ムーミンパパは、きっぱりといいました。

ムーミンママは、大いそぎで荷作りにかかりました。毛布《もうふ》、なべ、白樺《しらかば》の皮（これは火を焚《た》きつけるのにいちばんいいのです）、コーヒーポット、食べもの山ほど、サンオイル、マッチといった、食事などに必要なあらゆるものをかき集めました。それから雨がさ、あったかい服、おなかの粉薬《こなぐすり》、あわ立て器、クッション、蚊《か》よけネット、水着、テーブルクロスもいっしょに荷物にまとめました。

それからママはまた、さんざんうろうろして、なにかわすれものはないかとまよったすえに、ようやく最後にいいました。

「準備《じゅんび》ができましたよ。海でのんびりするなんて、すてきだわ！」

ムーミンパパは、パイプとつりざおも荷物に入れました。

「これで完璧《かんぺき》かな。もう、わすれものはないね。じゃ、出発」

みんなは、ぞろぞろと海岸まで歩いていきました。いちばん後ろはスニフで、おもちゃのボートを六そう引きずっています。

「じゃこうねずみの身に、なにか起こってるかな？」

と、ムーミントロールがスナフキンにささやきました。

「なにもないとは思うけど。でも少し心配だな」

スナフキンは小さい声で返事しました。

そのとたん、急にみんなが立ち止まったので、あやうくヘムレンさんは、つりざおで目をつきそうになりました。

「だれの悲鳴？」

ムーミンママが、おびえながらいいました。

すさまじいわめき声が、森の中で響《ひび》いていたのです。得体《えたい》の知れないなにかが、恐怖《きょうふ》と怒《いか》りの声をまきちらしながら、こっちをめがけて走ってきました。

「かくれろ！　怪物《かいぶつ》が来るぞ！」

ムーミンパパがさけびました。

ところが、みんなが身動きする間もないうちにあらわれたのは、じゃこうねずみだったのです。飛び出そうなほど目をむいて、口ひげをピンと逆立《さかだ》てていました。手をめちゃくちゃにふって、わけのわからないことをしきりに口走っていましたが、その意味はだれにもわかりませんでした。

ただ、ひどく怒《おこ》っているか、おびえていることだけはたしかでした。あるいは、おびえたことに腹《はら》を立てているのかもしれません。とにかく、そんなふうにドタンバタンとムーミン谷のほうへ行ってしまいました。

「じゃこうねずみさんたら、どうしちゃったのかしら。いつもは落ちついて、どっしりかまえているのにね」

ムーミンママがとまどいながらいいました。

「ハンモックのひもが切れたから、きっとあんなことになったんだな」

と、ムーミンパパはつぶやいて、頭をふりました。

「食べものを持っていくのをわすれてたから、怒《おこ》ったんじゃないかな。こうなったら、いっそ、ぼくたちで食べていいよね」

スニフがつけくわえました。

いくらか心をかきみだされたけれど、みんなはそのまま海岸のほうへ進んでいきました。

しかしムーミントロールとスナフキンは、そっと列からぬけ、近道をして、どうくつへいそいだのです。

「入り口から入っていく気にはなれないな。まだ中にあれがいるかもしれないし、岩をよじ登って、天井《てんじょう》のすきまからのぞいてみようぜ」

スナフキンが提案《ていあん》しました。

そこでふたりは岩山をはい上がると、腹《はら》ばいになって、この上なく慎重《しんちょう》に穴《あな》をのぞきこんだのです。

魔物《まもの》のぼうしが見えましたが、中はからっぽでした。どうくつのすみに毛布《もうふ》が放り出され、本は反対側にすっとんでいます。

どうくつの中には、だれもいませんでした。ところが、砂《すな》の上には一面、まるでだれかがおどったりはね回ったりしたような、あやしい足あとがついているではありませんか。

「あの足あとは、じゃこうねずみのじゃないね」

ムーミントロールが口を開くと、スナフキンもつづけました。

「ぜんぜんべつのやつだね。とっても変な足あとだ」

まったくわけがわかりません。

ふたりは、岩山を下りて、びくびくしながらあたりを見回しました。

でも、あぶなそうなものは、なにも目につきません。

じゃこうねずみがなにをあんなにこわがったのかは、とうとうわかりませんでした。どんなにわけを聞こうとしても、ぜったいに話したがらなかったのでした。

(じゃこうねずみの入れ歯がどんなふうに変身したかを知りたかったら、あなたのお母さんに聞いてごらんなさい。お母さんは、きっと知っていますよ。作者より)


そのころ、ほかのみんなは浜辺《はまべ》についていました。波打ちぎわにかたまって、興奮《こうふん》して身ぶり手ぶりをまじえながら、ぺちゃくちゃさわいでいます。

「ボートを見つけたらしいぞ。ぼくらもいそいで行ってみよう」

と、スナフキンがさけびました。

そうだったのです。本物の大きな帆船《ほぶね》です。よろい張《ば》りで、オールといけすもついており、白と緑色にぬられていました。

「これ、だれの船？」

ムーミントロールは走りつくと、息をはずませてたずねました。

「だれのでもないさ。うちの浜辺《はまべ》に流れついたんだ。海からのプレゼントってことだよ！」

と、ムーミンパパが胸《むね》を張っていいました。

「名まえをつけなくちゃ。『小鳥ちゃん』てつけたら、かわいいんじゃないかしら？」

スノークのおじょうさんがいうと、スノークがとがめるようにいいました。

「子どもじみてるなあ。ぼくは『海のタカ』がいいな」

「いや、名まえはラテン語でなくちゃいけない。『ムミナーテス＝マリーティマ（海のムーミン号）』だな」

ヘムレンさんが声を張りあげ、スニフがわめきました。

「ぼくが最初に見つけたんだい。だから名まえはぼくがつけるんだ。『スニフ号』としたら、すてきじゃないか。短くていい名まえだよ」

「そう思っているのは、おまえだけだよ」

ムーミントロールが、つっぱねました。

「これこれ、みんな！　静かにしないか。名まえを決めるのはママだ。今日はママのピクニックなんだからね」

　ムーミンママは少し顔を赤らめて、おずおずといいました。

「わたしにうまいことつけられるといいんだけど。スナフキンはとても思いつきがいいから、きっとわたしより、ずっといい名まえをつけてくれるんじゃないかしら」

「いやあ、それほどでもないですよ。でもぼく、『待ちぶせするオオカミ』がいいんじゃないかって、はじめから思ってたんです」

　ちょっと照れながらいったスナフキンを、ムーミントロールが大きな声でさえぎりました。

「よせやい、ママが決めるんだ」

「そうね。わたしがひとりでなにも決められない時代おくれさんだとは、思わないでちょうだい」

　こういってから、ムーミンママはつづけました。

「ボートの名まえは、みんながこれからすることにちなんだものがいいと思うの。『冒険《ぼうけん》号《ごう》』って、どうかしら」

「最高だね。さあ、命名式だ。ママ、シャンパンのかわりになるようなもの、なにか持ってる？」

ムーミントロールは、さけびました。

ムーミンママは、持ってきたバスケットの中を残らずかき回して、ジュースのびんを探《さが》しました。

「まあ、なんてこと！　わたし、ジュースをわすれてきちゃったわ！」

「やれやれ、わすれものはないかって、あれほど聞いたのに」

ムーミンパパがいい、みんなはかなしそうに、顔を見合わせました。きちんとした命名式もしない船で航《こう》海《かい》しようものなら、とんでもないことになるかもしれないのです。

そのとき、ムーミントロールにいい考えが浮《う》かびました。

「おなべをちょっとかして」

ムーミントロールは、なべに海の水を満たすと、どうくつに置いてあるぼうしのところまで走っていきました。

もどってきたときには、すっかり変わった水をパパにわたして、こういいました。

「パパ、ちょっと味見してみてよ」

ムーミンパパは、ひとくちゴクリと飲むと、とてもうれしそうな顔をしました。

「どこで手に入れたんだね？」

「ひみつだよ！」

それからみんなは、ジュースに変身した水をジャムのびんにつめ、船のへさきにたたきつけて割《わ》りました。それと同時に、ムーミンママが、ほこらしげに宣言《せんげん》しました。

「ここにおまえを、永遠《えいえん》に『冒険号』と命名します」

これがムーミン流の命名式なのです。

嵐《あらし》のような拍手《はくしゅ》かっさい。それからみんなは、荷物を船に運びました。バスケット、毛布《もうふ》、雨がさ、つりざお、クッション、なべに水着。つぎつぎ積みこむと、ムーミン一家とその友人たちは、青々とうねる荒海《あらうみ》にのりだしたのです。

すばらしいお天気でした。お日さまには少しもやがかかっていましたので、完全な晴れとはいえなかったですけど。冒険号はまっ白い帆《ほ》を張《は》り、水平線に向かって矢のようにすべっていきました。波が船べりをたたき、風が歌いました。海のトロールや人魚たちが、へさきのまわりをダンスしています。

スニフは六つの小さなボートを一列につないで、冒険号の引き波に乗せています。舵《かじ》を取るのはムーミンパパで、ムーミンママはすわったまま、うとうとしていました。ママのまわりがこれほど静かなのは、めったにないことでしたから。

空では白い大きな鳥たちが、輪をかいて飛んでいます。

「どこへ行くの？」

スノークが聞きました。

「島へ行きましょうよ。わたし、まだ一度も小さい島へ行ったことがないんですもの」

スノークのおじょうさんがたのむと、ムーミンパパが答えました。

「いいとも。島が見つかりしだい、そこに上陸するとしよう」

ムーミントロールは、船のいちばん先にすわって、海をのぞきこんでいます。緑色をした海の底や、波を切りさいてできる白いあわをへさきにつけて船が進むさまを、うっとり見つめていました。

そして、うれしくなって、思わずさけびました。

「やっほー！　ぼくたちは島へ行くんだぞ！」

ずっと沖のほうに、暗礁や岩にかこまれて、ニョロニョロの島がひっそりと横たわっていました。年に一度、ニョロニョロが、世界中をさまようおわりのない旅に出かけるまえに、この島に集まります。彼《かれ》らは世界のあらゆる方角から、その小さくて青白い、うつろな顔で、重苦しくだまりこくってやってきます。

どうして毎年、こんなふうに集まるのか、説明するのはむずかしいのです。なにしろ、ニョロニョロたちは耳も聞こえなければ、話すこともできず、遠い遠い目的地をじっと見つめるだけなのですから。

たぶんニョロニョロたちは知りあいと会ったり、ほんの一息つけるこの島が気に入っているのでしょう。

毎年の集会は、いつも六月におこなわれます。そんなわけで、ムーミン一家とニョロニョロたちがちょうど同じころに、このはなれ小島についてしまったのでした。

島は、まるでおまつりのかざりのように、白い波頭《なみがしら》と緑の木々にふちどられ、あらあらしく海からそそり立っていました。

「行く手に島が見えるぞ！」

ムーミントロールがさけぶと、みんなは船べりから身をのりだして、そちらをながめました。

「砂浜《すなはま》もあるわ」

スノークのおじょうさんが大声をあげました。

「すばらしい船つき場もな」

こういってムーミンパパは、立ちならぶ岩の間をたくみにぬけて、船をあやつりました。まもなく冒険号は砂地にすーっと乗りつけ、ムーミントロールがもやいづな（船をつなぎとめるロープ）を持って、浅瀬《あさせ》にバシャンと飛び下りました。

浜辺は、たちまち活気であふれました。

ムーミンママは石を引きずってきて、パンケーキをあたためるかまどを作り、たきぎ用の木を集め、砂浜の上にテーブルクロスを広げて食卓《しょくたく》にし、風に飛ばされないように四すみに小石をのせました。

それから、人数分のカップをならべ、岩かげのしめった砂の中にバターケースをうずめました。しあげに、食卓のまん中にパンクラチウムの花をかざりました。

なにもかも用意ができると、ムーミントロールが聞きました。

「なにかお手伝いすることない？」

子どもたちがうずうずしているのをよくわかっていたので、ムーミンママはこういいました。

「あなたたちは、島を探検していらっしゃい。どういう島に上陸したのか、それを知ることがかんじんよ。危険《きけん》があるかもしれないものね」

「わかったよ」

ムーミントロールはスノークの兄妹《きょうだい》とスニフといっしょに、海岸の南側へ出かけました。ひとりで探検するのが好きなスナフキンは、北に向かいました。

ヘムレンさんはスコップと緑色の採集箱《さいしゅうばこ》と虫めがねを持って、森の中へ入っていきました。まだだれも発見したことのない、めずらしい植物が見つかるかもしれないと考えたのです。

その間に、ムーミンパパは魚つりをしようと岩に腰《こし》かけました。

午後になるにつれ、太陽はゆっくりとかたむいていきましたが、遠くのほうでは入道雲がもくもくわいていています。

島のまん中には、花にかこまれ、草におおわれたあき地がありました。ここでニョロニョロたちは、毎年夏至《げし》の日に集まって、ひみつの会合を開くのです。

もう、およそ三百ぴきが集まっており、あとまだ四百五十ぴきぐらい来るはずでした。

あき地のまん中には高い棒《ぼう》が立てられていて、大きな気圧計《きあつけい》がぶら下がっています。

ニョロニョロたちは草むらをカサカサ歩き回っては、おたがいに気取ってあいさつしました。そして気圧計《きあっけい》のそばを通るたびに、深くおじぎをするのでした。それは、ずいぶんとこっけいに見えましたけどね。

その間に、ヘムレンさんは森の中をうろつきながら、あたり一面に輝《かがや》くように咲《さ》きほこる、めずらしい花に夢中《むちゅう》になっていました。どの花も、ムーミン谷に生えているのとは、似《に》ていません。色はとてもこく、形も変わっています。

でもヘムレンさんは、花の美しさには気をとめておらず、おしべや葉っぱの数を調べては、ひとりごとをつぶやいていました。

「これで、わしの標本は二百十九になったぞ」

そうするうちに、ヘムレンさんはニョロニョロたちのところまでたどりついてしまいました。しかも、めずらしい植物に見とれて歩いたあまり、どんどん、あき地の中へ入っていってしまったのです。ニョロニョロたちの立てた棒《ぼう》にドスン！　と頭をぶつけ、ようやくあたりを見回してびっくりしました。

こんなにたくさんのニョロニョロを見たのは、生まれて初めてだったのです。あちこちから集まってきたニョロニョロたちがいっせいに、その白目がちの小さい瞳《ひとみ》で、ヘムレンさんをじいっと見つめています。

（あいつらは、怒《おこ》っているみたいだな。小さいけれど、なにしろおそろしくたくさんいる

Tove

ぞ）

ヘムレンさんは、思いました。

そして、マホガニーでできたぴかぴかの大きな気圧計《きあっけい》を見上げました。気圧計は、『雨と風』をさしています。

「これはおかしいぞ」

ヘムレンさんはつぶやくと、太陽の光に、目をぱちぱちさせました。棒《ぼう》をトントンとたたいてやると、気圧計の針《はり》がガクンと下がりました。

とたんに、ニョロニョロたちは怒《おこ》ったように不気味なざわめきを立てて、一歩前ににじり出ました。

ヘムレンさんは、びくびくしながらいいました。

「いやいやいや。おまえたちの気圧計を取ったりしないよ」

しかしニョロニョロたちは、ヘムレンさんのことばなんて聞こえません。ザワザワ、サラサラと音を立てながら、さざ波のように手をふりふり、ヘムレンさんに近づいてきます。心臓《しんぞう》が口から飛び出そうなくらいドキドキしながらも、逃《に》げ道《みち》を探《さぐ》りましたが、ニョロニョロたちは壁《かべ》のようにヘムレンさんをとりまいて、いよいよじりじりとよってきます。

しかも、木の間をぬって、なおもたくさんのニョロニョロが表情《ひょうじょう》を変えることなく、静かにおしよせてきているではありませんか。

「あっち へ行け。しいっ、しいっ！」

ヘムレンさんは必死でどなりましたが、ニョロニョロはおしだまったまま近づいてくるばかりです。

スカートのすそをたくし上げて、ヘムレンさんは棒《ぼう》をよじ登りだしました。棒はぬるぬるしていて、すべりました。でも、恐怖《きょうふ》にかりたてられて、いつものヘムレンさんらしくないがむしゃらな力がわいたので、てっぺんまで登りきると、ふるえる手で気圧計《きあっけい》につかまりました。

ニョロニョロたちは今や棒の下までつめよってきて、ヘムレンさんが下りてくるのを待ちかまえていました。あき地全体がニョロニョロだらけで、白いじゅうたんのようになっています。

（もし棒から落ちたら、どうなるだろう）

考えただけで、気持ちわるくなりました。

「助けてくれ。助けてえ」

弱々しくさけびましたが、森はしいんとしています。

そこでヘムレンさんは、二本の指を口にくわえて、吹《ふ》き鳴《な》らしました。三度は短く、三度は長く、そしてまた三度短く。SOS《エスオーエス》です。

海岸の北側をぶらついていたスナフキンが、ヘムレンさんのSOSを聞きつけました。音の方角がわかると、すばやく助けに向かいました。

遠くから聞こえていた音は、どんどん近くなってきます。

もうすぐそばだとわかると、スナフキンは用心のため腹《はら》ばいになって進みました。木々の間が光っているようです。

すると、あき地にぎっしりのニョロニョロの群れと、棒《ぼう》にしがみついているヘムレンさんが見えました。

「こりゃ、とんでもないことになってるぞ」

スナフキンはつぶやくと、大きな声でヘムレンさんに呼《よ》びかけました。

「おーい、来ましたよ！　おとなしいニョロニョロを、どうしてこんなに怒《おこ》らせちゃったんです？」

ヘムレンさんは、うめくようにいいました。

「わしゃ、ただやつらの気圧計《きあっけい》をたたいただけだ。そしたら、目もりが下がったんだよ。どうか、その気味わるい連中を追っぱらってくれんかね」

「ちょっと考える時間をください」

スナフキンはいいました。

ニョロニョロたちに、こうした会話は少しも聞こえません。耳がありませんからね。待ちきれずに、ヘムレンさんはさけびました。

「早く考えてくれ、スナフキン。わしは、もうずるずるすべり落ちていっておる」

「いいですか、ヘムレンさん。野ねずみが庭の畑に出てきたときのことをおぼえていますか。ムーミンパパは地面にたくさん穴《あな》を掘《ほ》って、風車をすえつけましたよね。風車が回りだすと地面がぶるぶるふるえたので、野ねずみたちはおびえて、逃《に》げていったでしょ」

ヘムレンさんは、苦々しくいいました。

「おまえさんの話は、いつもおもしろいよ。でもそれが、わしのこの悲劇的《ひげきてき》な状況《じょうきょう》と、どういう関係があるんだ？　それがちっともわからん」

「おおいに関係があるんですよ。わからないんですか？　ニョロニョロたちは、しゃべることも聞くこともできないし、目だってぼんやりとしか見えないんです。ところが、感覚だけはすばらしく敏感《びんかん》です。ちょっと棒《ぼう》を前後にゆすってみてください。やつらは地面の動きでそれを感じて、きっとこわがりますよ。おなかにびんびんきますからね。さあ、やってみて！」

ヘムレンさんは、棒のてっぺんで体をゆすぶりはじめましたが、あわてていいました。

「わしが落ちてしまうよ」

「もっと速く、もっと速く、もっと小きざみに！」

と、スナフキンはさけびました。

ヘムレンさんがぶるぶるゆすぶると、ニョロニョロたちはようやく足の裏《うら》になんだか気味わるいものを感じたらしく、ザワザワと不安そうに動きだしました。そしてつぎの瞬間《しゅんかん》、野ねずみたちのように、あわてて逃《に》げていったのです。

あっという間に、あき地はからっぽになりました。ニョロニョロたちが森の中に逃げていったと、スナフキンにはわかりました。イラクサにふれたみたいに、足がちくちくしましたからね。

ヘムレンさんはほっと息をつくと、草の上に転がり落ちました。

「やれやれ、心臓《しんぞう》が飛び出るかと思ったわい。ムーミン一家のところに来てからは、ろくなことがない。いざこざにまきこまれたり、危険《きけん》な目にあうばっかりだ」

「落ちついて、ヘムレンさん。うまいこと乗りきったじゃないですか」

スナフキンがなぐさめますが、ヘムレンさんはうめきながらいいました。

「いまいましいモゾモゾ野郎《やろう》め。罰《ばつ》として、気圧計《きあっけい》はもらっていくよ」

「そのままにしといたほうがいいですよ」

スナフキンの忠告を聞かずに、ヘムレンさんはぴかぴか光る大きな気圧計を棒から外して、勝ちほこったようにわきの下に抱《かか》えました。

「さあ、みんなのところへ帰ろう。わしゃ、とてもおなかがすいたよ」

ふたりがもどってくると、みんなはムーミンパパがつった大きなカマスを食べていました。

「ヘーイ!」

と、ムーミントロールがさけびました。

「ぼくたち、もう島を一周したんだ。向こう側にはすごい崖《がけ》があって、海の中につきささっているみたいだったよ」

「それから、ニョロニョロをいっぱい見たよ。少なくとも、百ぴきはいたね」

スニフもつけくわえました。

「あいつらの話は、二度とするな。もう、かんべんしてくれ。それより、わしの戦利品を見ないかね」

こういってヘムレンさんは、ほこらしげに気圧計をテーブルの上へ置きました。

「まあ、なんてきれいに光ってるんでしょう。時計かしら?」

スノークのおじょうさんがたずねました。

「いや、気圧計《きあつけい》だよ。天気がよくなるか、嵐《あらし》になるかがわかるんだ。わりとあてになるものだよ」

こういいながら、ムーミンパパは気圧計をトントンしました。が、急にまゆをひそめました。

「こりゃ、嵐になるぞ!」

「大きな嵐?」

心配そうにスニフが聞くと、ムーミンパパは答えました。

「ほら、見てごらん。気圧計はゼロゼロをさしている。これより下にはいけないとこまで下がってるんだ。こいつが、われわれをからかってるのでなければね」

でも、気圧計がからかっているようには思えませんでした。黄みがかった灰色《はいいろ》のもやが広がり、水平線にそって、海はあやしげに黒くふちどられていたのです。

「いそいで引き上げよう。家に帰らなくては」

スノークが口を開きました。

「まだだめよ。向こう側の崖《がけ》を探検《たんけん》する時間が、なかったじゃない。それに水あびもしてないのよ」

スノークのおじょうさんが泣きつくと、ムーミントロールもくわわりました。

「お天気がどうなるか、もうちょっと待ってみようよ。せっかく島を発見したのに、すぐ帰るなんてざんねんだもの」

「しかし、嵐《あらし》になったら、どうにも動けなくなるぞ」

と、スノークは慎重《しんちょう》にいいました。

「そうなったら、最高だよ！　ずっとここにいられるじゃないか」

スニフがさわぎました。

「静かにしなさい。よく考えなきゃならん」

ムーミンパパはそういうと、波打ちぎわへ下りていって、風をくんくんかぎ回りました。

それから、四方八方を見わたし、ひたいにしわをよせて考えこみました。

遠くで、ゴロゴロ鳴りはじめました。

「かみなりだ！　おお、こわいよ」

スニフが泣き声を出しました。

水平線におおいかぶさるように、不吉《ふきつ》な雲の壁《かべ》ができています。雲はどす黒い青色をしていて、光《ひか》り輝《かがや》く小さな雲を前のほうに飛ばしています。ときおり稲光《いなびかり》が、かすかに海の上を照らしました。

「島に残ろう」

ムーミンパパが決定を下しました。

「一晩中《ひとばんじゅう》だね！」

スニフがさけぶと、ムーミンパパがいいました。

「たぶんね。じきに夕立がやってくるだろうから、いそいで小屋を作ろう」

冒険号は、砂浜《すなはま》の高いところまで引き上げられました。それからみんなは、森の外れに、船の帆《ほ》と毛布《もうふ》を使っていそいで小屋を建てました。

ムーミンママが、コケをすきまにつめました。スノークは雨水がうまく流れるように、小屋のまわりにみぞを掘《ほ》りました。

みんなはあちこち走り回って、荷物を安全な場所にかき集めました。小さな風が不安そうなため息をつきながら、木々の間をかけぬけます。かみなりの音もどんどん近づいてきました。

「ぼくが岬《みさき》へ行って、天気がどんなだか見てくるよ」

こういって、スナフキンはぼうしをしっかりと耳までかぶると、出かけていきました。たったひとりで、わくわくしながら足取り軽く、岬のいちばん外れまで行くと、大きな岩にもたれかかりました。

海の表情《ひょうじょう》は、すっかり変わっていました。どんよりとした緑色をして、白い波頭《なみがしら》を立てています。海の中の岩は、まるでリンのように黄色く光っていました。おごそかに鳴りとどろきつつ、南からかみなり雲が近づいてきます。

そうして海の上にまっ黒い帆《ほ》を広げ、空の半分をおおうと、不気味な稲光《いなびかり》をしきりにきらめかしました。

(嵐《あらし》のやつ、まっすぐに島をめがけてくるぞ)

スナフキンは、わくわく興奮《こうふん》してきました。

海の向こうから大嵐がやってくるのを、目の当《ま》たり《あ》にしたのです。

するとふいに、黒い馬のようなものにまたがる小さな黒い騎手《きしゅ》のすがたが、スナフキンの視界《しかい》に入りました。

ほんの一瞬《いっしゅん》でしたが、雲の壁《かべ》のてっぺんの、雪のように白いところへ向かって、乗馬服のコートを羽のようにひるがえしながら、高く上っていくのが見えたのです。

そして、目のくらむようなかみなりの群れの中へ消えたかと思うと、太陽がかくれてしまい、海の上に灰色《はいいろ》のカーテンがかけられたように、雨が一気にふりだしました。

(飛行おにだ! あれは飛行おにと、やつの黒ヒョウだったにちがいない。本当にいたんだな……おとぎ話の中だけじゃなくて)

スナフキンは思いました。

そして浜辺《はまべ》を飛びはねるようにもどり、ぎりぎりのところでテントにすべりこみました。

嵐《あらし》の中、重たい雨つぶがしきりに風にむち打たれて、帆布《ほぬの》をたたきはじめたのです。

日が暮《く》れるまでにはまだ何時間かありましたが、あたりは一面、闇《やみ》につつまれてきました。

スニフはかみなりをこわがって、頭からすっかり毛布《もうふ》にくるまっていました。ほかのみんなはくっつきあって、背中をまるめてすわっていました。テントの中には、ヘムレンさんの取ってきた花のにおいが、ぷんぷんただよっていました。

すぐ近くでものすごいかみなりの音がして、小さいかくれ家《が》はいくども、目のくらむような稲光《いなびかり》で照らし出されました。

空は、まるで鉄の貨車を引いているみたいにゴロゴロ鳴《な》り響《ひび》き、海は怒《いか》りにまかせて、この上なく大きな波を、はなれ小島にぶつけてきます。

「海の上にいなくてよかったわ。やれやれ、なんてお天気でしょう」

ムーミンママはいいました。

ムーミントロールは、スノークのおじょうさんからぶるぶるふるえる手を重ねられたので、とても強い気持ちになりました。

(どんなことがあっても、ぼくが守ってあげなくちゃ)

スニフは毛布《もうふ》をかぶって、泣きわめいています。

「いよいよ頭の上に、かみなりが来たぞ！」

ムーミンパパがいったとたん、すさまじく強い光が島を照らし、つづけてなにかを引きさくような、とんでもない音がしました。

「どこかに落ちたね！」

スノークがいいました。

「まったく度がすぎとる。めちゃくちゃだ。いつでも、やっかいなことが起きるんだ」

ヘムレンさんは頭を抱《かか》えてすわりこみ、もそもそいっていました。

ようやくかみなりは、南へうつりはじめました。ゴロゴロいう音もだんだん遠くなり、稲《いな》光《びかり》も弱くなって、雨の音と岸にくだける波の音が聞こえるばかりになりました。

(飛行おにのことは、まだ話さないでおこう。みんな十分に、こわい思いをしただろうし)

と、スナフキンは考えて、スニフに声をかけました。

「さあ、出てこいよ、スニフ。もう行っちゃったぜ」

スニフは目をぱちぱちさせ、毛布《もうふ》の中からはい出してくると、あくびをして、耳の後ろをかきました。こわくてあまりにも大さわぎをしたので、少しきまりがわるかったのです。

「今、何時?」

スニフが聞き、

「八時近くだろ」

スノークが答えました。

「じゃあ、もう寝《ね》ましょうね。とんだ目にあっちゃったわね」

ムーミンママが呼《よ》びかけましたが、ムーミントロールはいいました。

たけど　とこにかみなりが落ちたか、見に行ったほうがおもしろいんじゃない？」

「明日《あした》ね。明日になったら、あちこち探検《たんけん》して、海水浴もしましょう。今、島はなにもかもずぶぬれの灰色《はいいろ》で、おもしろくありませんよ」

ムーミンママはみんなを毛布《もうふ》でくるんで回ってから、ハンドバッグをまくらの下におしこんで、自分も眠《ねむ》りにつきました。

外では嵐《あらし》が、またもや吹《ふ》き荒《あ》れていました。うねる波の音に、ふしぎなざわめきがまじっていました。からからと笑う声や走り回る足音が、大きな鐘《かね》のように、海に響《ひび》きわたっています。

スナフキンはじっと横になったまま、世界中を旅して回ったことを思い出しながら、夢《ゆめ》うつつに耳をかたむけていました。

（そろそろ、ぼくはまた旅に出なくちゃ）

と、思いました。

すぐに、というわけではありませんけどね。

4章

ニョロニョロたちに夜、おそわれて、スノークのおじょうさんが、髪《かみ》の毛《け》を失う。はなれ小島に流れついた、おどろきのものとは。

ま夜中に、スノークのおじょうさんは、ぎょっとして目をさましました。なにかが顔にさわったのです。目を開けてみる勇気はありませんでしたが、ふんふんと、あたりのにおいをかいでみました。

(なんだか、こげくさいわ!)

スノークのおじょうさんは毛布《もうふ》をかぶり、声をひそめてムーミントロールを呼《よ》びました。

「ムーミントロール、ねえムーミントロール」

ムーミントロールは、すぐにはね起きました。

「どうしたの?」

毛布の下から、声が聞こえてきます。

「なんか危険なものが入ってきたわ。とにかく、そんな感じがするの」

ムーミントロールは、暗闇《くらやみ》の中で目をこらしました。

(あそこに、なにかいるぞ！)

ほのかな光を放って、青白いゆうれいのようなものが、寝《ね》ているみんなの間を、ひたひたと歩き回っているではありませんか。

ムーミントロールもこわくなって、スナフキンを起こしました。

「ねえ、見て！　ゆうれいがいる」

「いや、あれはニョロニョロだよ。やつらはかみなりに当たって、電気がたまっちゃったんだ。それで光ってるのさ。じっとしてて。でないと、感電するよ」

スナフキンがいいました。

ニョロニョロたちは、なにかを探《さが》しているらしく、バスケットの中を、つぎつぎかき回しています。こげるようなにおいが、しだいに強くなりました。

ニョロニョロたちはとつぜん、ヘムレンさんが寝ているすみのほうに集まりました。

「あいつら、ヘムレンさんをつかまえに来たのかな」

ムーミントロールが、心配そうにつぶやくと、スナフキンはいいました。

「きっと、気圧計《きあつけい》を探してるんだと思うな。だから持ってきちゃいけないっていったのに。ほら、見つけたみたいだよ」

ニョロニョロたちは、よってたかって、ヘムレンさんの上に乗っかり、気圧計《きあつけい》にしがみついて、なんとか取り返そうとしていました。こげくさいにおいは、いよいよひどくなっています。

スニフは目をさまして、しくしく泣きはじめました。そのとたん、ほえるようなさけび声があがりました。一ぴきのニョロニョロが、ヘムレンさんの鼻をふみつけたのです。

たちまちみんなが起き上がり、大さわぎになりました。だれかがニョロニョロをふみつけてしまい、やけどやら感電やらしたあげく、わめいています。ヘムレンさんは恐怖《きょうふ》のさけび声をあげながらばたばたあばれ回り、とつぜん帆布《ほぬの》にからまってテントをたおし、みんなが下じきになってしまいました。いやはや、まったくおそろしいさわぎです。

そのあとみんなが帆布の下からはい出るのに、少なくとも一時間はかかったとスニフはいっていましたが、ちょっとおおげさすぎるかもしれません。

とにかくやっと身動きが取れるようになったときにはもう、ニョロニョロたちは気圧計を持って、森の中へ消えていました。でも、だれもあとを追いかけようとは、しませんでした。

ヘムレンさんは、しめった砂《すな》の中に鼻をつっこんで、なげきました。

「これじゃあ、あんまりだ。どうしてなんの罪《つみ》もないまずしい植物学者が、平和な一生を送

れないんだろうか」

「生きるってことは、平和じゃないんですよ」

スナフキンは、たのしそうにいいました。

「ごらん、子どもたち。雨がやんだよ。じきに明るくなるだろうね」

ムーミンパパは声をかけました。

ムーミンママは立ち上がりましたが、少し寒くて、バッグをしっかり体に引きよせました。そして、嵐《あらし》が吹《ふ》きすさぶ夜の海を見わたしました。

「あたらしく小屋を建てなおして、もう一度眠《ねむ》ったほうがいいんじゃないかしら」

「そんなことしたって、しかたないよ。毛布《もうふ》にくるまって、お日さまがのぼるのを待とう」

ムーミントロールが答えました。

そこでみんなはぴったりくっつきあって、浜辺《はまべ》に横一列になってすわりました。スニフは、ここならいちばん安心だとばかり、まん中にすわりたがりました。

「暗闇《くらやみ》の中でなにかが顔にふれて、ものすごく気味がわるかったの。かみなりより、ずっとひどかったわ」

スノークのおじょうさんがいいました。

みんなはすわったまま、夜が明けていく海を見ています。

嵐《あらし》は少しおさまってきましたが、まだうねっている波が浜辺《はまべ》でくだけちっていました。

東の空が白みはじめ、ぞくぞくするほど冷えてきました。

やがて、夜明けの最初の光の中で、ニョロニョロたちが島をはなれていくのが見えたのです。

ボートがつぎからつぎへと、影《かげ》のように岬《みさき》の後ろからすべり出て、沖へ向かっていきます。

ヘムレンさんは、ほっと息をつきました。

「いいぞ。わしは二度と、ニョロニョロなんぞ一ぴきたりとも、見たいと思わんよ」

「あいつらは、きっとあたらしい島を探《さが》しに行くんだ。そこは、きっとだれからもけっして見つからないひみつの島なんだ！」

こういってスナフキンは、世界をさまよう小さなボートを、あこがれに満ちた目で追いました。

スノークのおじょうさんは、ムーミントロールのひざに頭をのせて、すやすやと眠《ねむ》っています。

東の水平線に、ひとすじの光があらわれました。嵐《あらし》がわすれていった雲の小さいかたまりが、バラのようなピンク色に染《そ》まると、海の上に太陽がきらきらと顔をのぞかせました。

ムーミントロールは、スノークのおじょうさんを起こそうとかがみこんだとたん、おそろしいことに気づいたのです。

おじょうさんのかわいらしい前髪《まえがみ》が、すっかり焼けこげているではありませんか。ニョロニョロたちがそばを通ったときに、さわってしまったにちがいありません。

おじょうさんは、なんていうでしょう。どうやってなぐさめたらよいのでしょう。こんなのは、ひどすぎます！

スノークのおじょうさんが、目をさましてにっこりしました。

ムーミントロールは、あわてていいました。

「ねえ、なんかさ。おかしなことに、ぼく、髪の毛のない女の子のほうが、好きになってきたみたいなんだ」

「ほんと？　どうして？」

スノークのおじょうさんがおどろいて聞いたので、ムーミントロールは答えました。

「髪《かみ》の毛《け》なんて、みっともないよ」

スノークのおじょうさんは、すぐさま髪にさわってみました……が、なんてことでしょう。手にくっついてきたのは、わずかな燃《も》え残《のこ》りの束だけだったのです！　おじょうさんはびっくりぎょうてんして、大きく目を見開きました。

「おまえ、はげちゃったな」

スニフがいいました。

「よく似合《にあ》ってるよ。あ、泣かないで」

ムーミントロールが一生懸命《いっしょうけんめい》なぐさめましたが、スノークのおじょうさんは砂浜《すなはま》に身を投げて、泣きじゃくりました。だって大切な、じまんの前髪をなくしてしまったのですからね。

みんなはおじょうさんをかこんで、なんとか元気づけようとしました。でも、ぜんぜんだめです。

「ねえ、お聞きよ。わしは生まれつきはげ頭だが、なかなかどうして、いいぐあいだぞ」

ヘムレンさんにつづき、ムーミンパパもいいました。

「また生えてくるように、油をすりこんであげよう」

「そうしたら、カールしてくるわ」

「ほんとでしょうか」

ママのことばを聞き、スノークのおじょうさんが、しゃくりあげながらいいました。

「もちろんですとも。くるくるのまき毛になったら、さぞかしかわいいでしょうね」

ムーミンママは、なぐさめるようにつけくわえました。

スノークのおじょうさんは、泣くのをやめて、体を起こしました。

「ごらんよ、お日さまだ」

と、スナフキンがいいました。

さっぱりと洗《あら》いたてのような太陽が、海からのぼってきました。雨上がりの島は、どこもきらきら輝《かがや》いています。

「さあ、朝の歌を吹《ふ》くよ」

スナフキンがハーモニカを取り出すと、みんなで思いきり歌いました。

夜が行っちゃって
太陽がのぼってった
ニョロニョロは逃《に》げてった

くよくよするなって
昨日は昨日だ
スノークのおじょうちゃんよ
くるくるまき毛が生えるって
ヨーホー！

「さあ、水あびに行こう！」

ムーミントロールがさけびました。

みんなは水着を着て、波間に飛びこんでいきました。もっとも、まだ水がつめたすぎると考えたヘムレンさんと、ムーミンママと、ムーミンパパはべつでしたけれどね。

草のような緑と白の波が、砂浜《すなはま》にたわむれています。起きぬけざま、お日さまがのぼるときに、波の中でおどりはねるって、なんと幸福なことでしょう。

夜なんて、もうわすれさられてしまいました。目の前にはまだ手つかずの、六月の長い一日があるのです。

みんなは、イルカのように波の間につっこんだり、波頭《なみがしら》に乗って岸まですべっていったりしました。スニフは浅瀬《あさせ》で、バチャバチャやっていました。スナフキンはあお向けに浮《う》かん

で、ぬけるようにすき通った空を見上げながら、ずっと沖まで行きました。

ムーミンママはコーヒーをわかして、それからバター入れを探《さが》しに行きました。太陽の熱でバターがとけてしまわぬよう、しめった砂《すな》にうめておいたのです。ところが、いくら探しても見つかりません。嵐《あらし》がどこかへ持っていってしまったのでしょう。

「あら、こまった。なにをつけてサンドイッチを作ればいいのかしら」

がっかりするムーミンママに、パパがいいました。

「嵐が、かわりになにか持ってきてくれたんじゃないかな。コーヒーを飲んだら、浜辺《はまべ》をひと回りして、波に打ち上げられたものを見に行こう」

そこでみんなは、出かけていきました。

島をふちどるように、ごつごつした岩がそびえ立っていて、海につき出ているところはすべすべ光っています。岩の間には、思いがけないものがありました。貝がらがちりばめられた小さな砂浜《すなはま》や、人魚たちのひみつのおどり場、波がくだけるたびに鉄の扉《とびら》をたたくような音のする、まっ暗なさけめ。小さなほら穴《あな》のようにぽっかり口を開けている岩や、シューと音を立ててうずまく、水がめのようなところもありました。

みんなそれぞれ、流れついたものを探《さが》しに、ちらばっていきました。

こんなにわくわくすることなんて、めったにありません。とてもおかしなものが見つかるかもしれないのです。でも同時に、そういうものを海から引き上げるのはむずかしく、危険《きけん》なことでもありました。

ムーミンママは、けわしい岩の陰《かげ》にかくれた小さい砂浜に下りていきました。そこには、青いはまかんざしの群れが生えていましたし、風が吹《ふ》くたびに、はまむぎの細いくきがゆれて、サラサラ鳴っていました。

ムーミンママは、このかくれ家《が》のような場所に寝《ね》ころがりました。すると、目に入るのは、青い青い空と、頭の上でゆれている、はまかんざしの花だけでした。

(ちょっとひと休みしましょ)

ところがママは、あたたかな砂の上でぐっすりと眠《ねむ》りこんでしまったのです。

そのころスノークは、いちばん高い山の上にかけ登って、あたりを見回していました。そこからは、海岸のはしからはしまで見わたせます。島はまるで、荒れた海に浮《う》かんでいる、花束のようでした。

なにか流れついたものがないかと探《さが》しているスニフが、まるで点のように見えました。スナフキンのぼうしもちらっと見えました。向こうには、めずらしいランの花を掘《ほ》っているヘムレンさんのすが

たもあります。

ところで、あれはなんでしょう。あそこにきっと、かみなりが落ちたのです。ムーミンやしきの十倍はある巨大《きょだい》な岩が、りんごみたいにまっぷたつにさけて、深い谷のような割《わ》れめがのぞいています。

スノークはふるえる足をふみしめながら、割れめを登っていき、暗い岩壁《がんぺき》を見上げました。ここをかみなりがつきぬけたのです！　岩は、石炭のようにまっ黒でした。でもその中に、きらきら光るすじが走っています。金！　金にちがいありません。

スノークはナイフを取り出して、そのあたりをつつきました。小さな金のつぶが、手の中に落ちてきました。一つぶ、また一つぶと掘《ほ》るうちに、スノークはすっかり夢中《むちゅう》になってしまいました。金のつぶは、どんどん大きいものが出てきました。

まもなく、かみなりのおかげで見つかった、このきらめく金の鉱脈《こうみゃく》以外は、なにもかもわすれてしまいました。

スノークはもう、浜辺《はまべ》をうろついている盗《ぬす》っ人《と》ではありません。立派《りっぱ》な金鉱掘りです。

いっぽうスニフが見つけたのは、ありふれたものでした。でも、それなりにとても幸福だったのですよ。なにかというと、コルクでできた浮《う》きベルト（腰《こし》に巻《ま》きつける救命《きゅうめい》道具）でした。海の水につかっていたせいで、いくらかいたんでいましたが、しめてみるとぴったりでした。

（これがあればぼくだって、深い水の中へ入っていけるぞ。そしたらほかの連中に負けないくらい、うまく泳げるようになるさ。ムーミントロールのやつ、びっくりするだろうな）

スニフは考えました。

少し岸からはなれたところには、白樺《しらかば》の皮やガラス玉、海草が浮《う》かんでいました。スニフはほかにも、麻《あさ》で編《あ》んだマットと、欠けた船用ひしゃく、かかとの取れた古ぼけたブーツを見つけました。海から集めたものは、こんなのでも、すばらしい宝物《たからもの》に見えるのです！

遠くで、ムーミントロールが水の中に立ち、なにかを引っぱり上げようとがんばっているのが見えました。とても大きなもののようです。

（ぼくが最初に見つけてたらよかったなあ。いったい、なんだろう）

と、スニフは思いました。

ムーミントロールは、海のえものを水から引き上げて、砂浜《すなはま》のほうへ転がしてきます。スニフが首をのばして見てみると、ブイ（海面に浮かべる目じるし）でした。とても大きな、すばらしいブイだったのです。

「やったぞ！　どんなもんだい」

ムーミントロールはさけびました。

「たいしたもんだね」

スニフはいいましたが、文句《もんく》がありそうに、ぷいと横を向きました。それから、自分が見つけてきたものを砂《すな》の上にならべました。

「ほら、こっちだって」

「浮《う》きベルトはいいけど、ひしゃくのこわれたのなんか、どうするのさ」

ムーミントロールのことばに、スニフが返しました。

「さっさとくめば、たぶん使えるさ。ねえ、取りかえっこしない？　きみの古ぼけたブイと、ぼくの麻《あさ》のマットとブーツを交換《こうかん》しようよ」

「ぜったい、いやだね。でも、浮きベルトと、このふしぎな宝物《たからもの》となら、考えてもいいぜ。これはきっと、遠い国から流れてきたものだと思うんだ」

こういってムーミントロールは、透明《とうめい》なガラス玉を高く持ち上げて、ゆすぶりました。するとたちまち、ガラス玉の中にしかけてある雪が一面に舞《ま》い上《あ》がって、銀紙の窓《まど》がついたおもちゃの小さな家に、サラサラとふり積もるのでした。

「あれえ！」

思わず息をのんだスニフの心の中では、たいへんなあらそいが持ち上がりました。大事なものを手放すのは、スニフにとってつらいことなのです。

「見てごらんよ」

ムーミントロールはスノードームをふって、もう一度雪を舞《ま》い上《あ》がらせました。

「わかんないよう。ほんとにわかんなくなっちゃった。浮《う》きベルトと雪嵐《ゆきあらし》の玉、いったいどっちがいいかなあ。心がまっぷたつに割《わ》れそうだよ」

「これはきっと、世界にたった一つしかないものだぜ」

「だけどぼく、この浮きベルトを手放すわけにいかないんだ。ねえ、ムーミントロール、その小さな雪嵐の玉は、ふたりのものにできないかな」

「ふむ」

「ときどきかしてくれるだけでいいんだ。日曜日なんかにさ」

ムーミントロールは少し考えてから、いいました。

「じゃあ、日曜日と水曜日は、持っていていいよ」

とても遠くのほうでは、スナフキンがひとりでぶらついていました。波がよせてくるぎりぎりの瞬間《しゅんかん》まで待って、波がブーツをかすめたら、さっと飛びのく。そして、笑ってやるのです。波のやつ、どうだ、くやしいだろうってね。

岬《みさき》から少し行ったところで、スナフキンは、ムーミンパパに出会いました。流木を、夢中《むちゅう》で引っぱり上げています。

「すごいだろ？　これで、冒険号のために桟橋《さんばし》を作ろうと思ってな」

ムーミンパパが息をはずませていいました。

「材木を引き上げるの、手伝いましょうか」

スナフキンは声をかけましたが、パパはびっくりして答えました。

「そんな、とんでもない！　わたしひとりで、だいじょうぶだ。きみも、自分でなにか引っぱり上げるといいぞ」

そこには海が運んできて、引き上げられるのを待っているものがたくさんありました。でも、スナフキンの心を動かすようなものは、一つもありませんでした。小さなたる、半分こわれたいす、底のぬけたバスケット、アイロン台……やっかいな、重たいものばかりです。

スナフキンはポケットに手をつっこんで、口笛を吹《ふ》きました。そしてまた、こんどこそ、とやってくる波をぴょんとかわし、長い砂浜《すなはま》をひとりでぶらぶらするのでした。

岬《みさき》の外れでは、スノークのおじょうさんが岩によじ登っていました。焼けこげた前髪《まえがみ》には、海ユリをかざっています。みんなをびっくりさせるなにかを見つけようと、考えていたのでした。

そして、すごいねといわれたものを、ムーミントロールにあげるのです。もっとも、宝石《ほうせき》とかアクセサリーになるものだったら、べつですけどね。

岩を登るのはなかなかやっかいで、髪かざりは今にも吹き飛ばされそうでした。そうしているうちに、風が弱まってきました。海も、いかりくるった緑色からおだやかな青色に変わり、荒波《あらなみ》が立てていたおそろしいいばらの冠《かんむり》のようなあわも、きれいなふちかざりのようになりました。

スノークのおじょうさんはそろそろと、小石のちらばった潮《しお》だまりに下りました。しかし、そこには海草や葦《あし》、流木がいくらか打ち上げられているだけです。おじょうさんはがっかりして、岬《みさき》に向かって歩いていくことにしました。

(みんなは、あれこれやりとげているのにね。流氷の間を飛びうつるとか、川をせきとめるとか、ありじごくをつかまえるとか。わたしも自分ひとりで、なにかすばらしいことをして、ムーミントロールをびっくりさせてやりたいわ)

ため息をついて、人けのない海岸を見わたしました。すると目がくぎづけになり、とたんに心臓《しんぞう》がドキドキしてきました。

岬のかなり外れに、なんだかふしぎなものが……おお、こわい！　岩場のほうに向かって、なにかがゆらゆらとただよっているではありませんか。とても大きくて、小さなスノークのおじょうさんの十倍はあるものです。

(走っていって、すぐにみんなをつれてこなくちゃ)

こう思いましたが、足を止めました。

（いつもこわがってばかりじゃだめだわ。あれがなにか、たしかめてみなくちゃ）

そこでおじょうさんは、ふるえながらおそるおそる近づいていってみました。

それは、大きな女の人でした。

（足のない女の巨人《きょじん》だわ。まあ、こわい）

おっかなびっくりで、さらに二、三歩前へ進んでみました。

すると、おどろいたことに、その女の巨人は木でできていて、しかも、とても美しかったではありりませんか。

やさしいほほえみに、赤いほおとくちびる。ぱっちりとした青い瞳《ひとみ》が、すんだ水の中で輝《かがや》いていました。髪《かみ》の毛《け》も青くて、カールしながら長く肩《かた》までたれています。

「まあ、女王さまだわ」

スノークのおじょうさんは、うやうやしくつぶやきました。

美しいその女の人は、黄金の花やくさりでかざられた胸《むね》の上で、両手を交差させていました。細いウエストからやわらかく広がる、赤いひだのついた服を着ています。ぜんぶ木でできていて、色がぬってありました。ただ一つふしぎなのは、この女の人には背中《せなか》がなかったのです。

(ムーミントロールにあげるには、少しもったいないわ。でもいいわ、とにかくあげちゃいましょうっと!)

夕方近く、女王さまのおなかにすわってジャブジャブ水をかきながら、船つき場に帰ってきたおじょうさんの、ほこらしげなことといったら。

「おまえさん、ボートを見つけたのか?」

スノークが問いかけました。

「ひとりきりで見つけて、ここまで運んできたとは、すごいねえ」

ムーミントロールは感心しています。

「それは、船首かざりだよ」

若《わか》いころに海へ出ていた、ムーミンパパがいいました。

「船乗りは、船のへさきを美しい女王の像《ぞう》でかざるのが好きなんだ」

「なぜなの？」

スニフがたずねると、ムーミンパパは答えました。

「そりゃあ、そうするとかっこいいからさ」

「でも、どうして背中《せなか》がないんだろうな」

ヘムレンさんが聞きました。

「あたりまえじゃないですか。船のへさきにつけるんですから。それぐらいのことは、生まれたてのねずみにだってわかりますよ」

と、スノークはいい、スナフキンも口をはさみました。

「でも、冒険号にくっつけるには大きすぎるな。ざんねんだなあ！」

「まあ、なんてきれいな女の人でしょう。こんな美人なのに、しあわせになれなかったのねえ」

ムーミンママは、ため息をつきました。

「これをいったいどうするつもり？」

スニフが問いかけると、スノークのおじょうさんは目をふせて、にっこりしました。

「ムーミントロールにあげるのよ」

ムーミントロールは、ことばも出ませんでした。顔をまっ赤にして一歩前に進み出ると、おじぎをしました。

おじょうさんもひざをまげて、はずかしそうに、えしゃくしました。ふたりともももじもじしているばかりでした。

「なあ、妹よ。ぼくが発見したものを、まだ見てないだろ」

こういってスノークは、砂《すな》の上に山のように積み上げたきらきら輝《かがや》く金を、ほこらしそうに指さしました。

スノークのおじょうさんの目玉は、飛び出そうになりました。

「本物の金なのね」

ため息をつくおじょうさんに、スノークがいばっていいました。

「これだけじゃなくて、あそこにはまだどっさりあるぞ。なにせ、金の山なんだぜ」

「スノークがこぼしたかけらは、みんなぼくがもらうんだよ」

と、スニフはうれしそうです。

　おお、みんながこの浜辺《はまべ》で見つけたものには、おどろかされるばかりでした。ムーミン一家は、思いがけずお金持ちになったのです。

　なかでもいちばんすばらしい発見は、やっぱりあの船首かざりと、ガラス玉の中の雪でした。

　嵐《あらし》の置きみやげのおかげで、はなれ小島を去るとき、船にはどっさり荷物が積んでありました。おまけに、流木で作った大きないかだも、後ろに引っぱっていたのです。

　金の山と、スノードーム、大きなブイ、ブーツ、欠けたひしゃく、浮《う》きベルトに麻《あさ》のマット。そしてへさきでは、あの女の人の像《ぞう》が、海を見つめていました。

　ムーミントロールは、そのそばにじっとすわって、美しい青い髪《かみ》をなでていました。それはもうしあわせいっぱいで。

そんなふたりをスノークのおじょうさんは、ちらちら見ていました。

(わたしもあの木の女王さまみたいに、きれいだったらなあ。でも今のわたしには、前髪《まえがみ》もないんだわ……)

さっきまでのたのしい気持ちはなくなって、スノークのおじょうさんはかなしみさえおぼえました。

そこで、ムーミントロールにたずねました。

「木の女王さまのこと、好き?」

「大好きさ!」

ムーミントロールは、目も合わせないで答えました。

「だけど、さっき髪の毛のある女の子は好きじゃないっていったじゃない。おまけに、それってただ色がぬってあるだけよ」

「その色がまた、とてもきれいじゃないか」

これではあんまりというものです。ムーミントロールのことばに落ちこんだスノークのおじょうさんは、涙《なみだ》でのどをつまらせて、じいっと海の中を見つめていましたが、しだいに体が灰色《はいいろ》になっていきました。

「木の女王さまなんて、ばかみたい！」

おじょうさんが怒《おこ》っていったので、ムーミントロールはびっくりして顔を上げました。

「どうして灰色《はいいろ》になっちゃったの？」

「べつになんでもないわ」

ムーミントロールは、いそいでへさきから下りて、スノークのおじょうさんのとなりにすわりました。

しばらくしてから、ムーミントロールは話しかけました。

「まったくだ。木の女王って、ほんとにばかみたいだね」

「そうよ、そうよ」

スノークのおじょうさんは、ふたたびピンク色にもどりました。お日さまがゆっくり沈《しず》んでいくにつれ、空がだんだんと黄色や金色に染《そ》まってきました。船も帆《ほ》も、乗っているみんなも、その輝《かがや》きに照らされています。

「おぼえてる？　ほら、いつだったか、ぼくたち金色のチョウを見たよね」

ムーミントロールがいうと、スノークのおじょうさんはうなずきました。すっかりくたくたでしたが、しあわせでした。

はなれ小島はもうはるか遠くに、燃《も》えるような夕焼けにつつまれて、浮《う》かんでいました。

「スノークが見つけた金は、どう使うんです？」

スナフキンが聞くと、ムーミンママはいいました。

「花壇《かだん》のふちをかざるのにいいと思うの。もちろん、大つぶのだけね。つぶの小さいのは、ちらかしたようになるのよ」

太陽が海に沈《しず》み、空が青と紫《むらさき》に変わっていくのを、みんなはことばもなく見つめました。そうして冒険号は、静かにゆれながら、家のほうへゆっくり進んでいくのでした。

5章

「ルビーの王さま」のこと。マメルクを釣《つ》り上《あ》げた話。どうしてムーミンやしきがジャングルに変わったかについて。

七月の末のことです。ムーミン谷は、とてもとても暑くなりました。もうハエでさえも、ブンブンすることなく、木はぐったりと、ほこりっぽくなっていました。川の水もへって、しおれた野原を細々と茶色く流れているだけでした。これでは、あのぼうしでジュースを作ることもできません。(ぼうしはまたもや大事にされるようになって、鏡台の上にちゃんと置いてありました)

来る日も来る日も、太陽は、丘《おか》の間にひっそりと広がるこの谷間を、容赦《ようしゃ》なく照らしました。

小さなはい虫たちは、すずしい日かげを探《さが》して、地面のすきまにもぐりこみ、小鳥も歌をやめてしまいました。ムーミントロールたちも、みんなきげんがわるくなってうろうろしては、仲間どうしでいがみあってばかりいま

す

「ママ、ぼくたちになにかやることを探《さが》してよ。でないと、けんかばかりしちゃうんだ。なにしろ、暑くてやりきれないもの」

ムーミントロールがいうと、ムーミンママはこう答えました。

「そうね、わたしも気になっていたのよ。ちょっとよそへ行ってくれると、こっちもありがたいわ。二、三日、あのどうくつに行ってみたら？　あそこならすずしいし、海につかって、好きなだけのんびりすることだってできるわよ」

「じゃあ、どうくつに泊《と》まってもいいの？」

ムーミントロールは、目をきらきらさせました。

「もちろんですとも。みんな、きげんを直してから帰ってらっしゃい」

どうくつに泊まる、しかも本格的《ほんかくてき》にだなんて、たしかにわくわくします。

どうくつにつくと、砂《すな》のゆかのまん中にランプを置き、めいめいかってに自分の穴《あな》を掘《ほ》りました。そこを寝《ね》どこにするわけです。

食料は、きっちり六つの山にわけました。干《ほ》しぶどう入りのプディング、マッシュかぼちゃ、バナナ、しましまのミントキャンディに、とうもろこし。明日《あした》の朝ごはん用のパンケーキまでありました。

やがて静かな風がさびしそうに浜辺《はまべ》のほうから吹《ふ》いてくると、お日さまは赤い光でどうくつを満たして、沈《しず》みはじめました。

スナフキンはハーモニカで、夕暮《ゆうぐ》れの歌を吹きました。スノークのおじょうさんは、ムーミントロールのひざの上にカールした頭をのせています。

干《ほ》しぶどう入りのプディングを食べたあとなので、みんなは満ちたりた気分だったのです。やがて、夕闇《ゆうやみ》がどうくつの中へしのびよってくると、ぞくぞくするような、たのしい気持ちになってきました。

「このどうくつを最初に見つけたのはぼくなんだぞ」

スニフのじまんはこれで百回目でしたが、だれもとがめません。

スナフキンがランプに火をつけながら、こんなことをいいだしました。

「なにかこわい話を聞きたくないかい？」

「どれくらいこわいのかね」

ヘムレンさんが聞くと、スナフキンは両手をありったけ広げながらいいました。

「このくらいですよ。やめておきます？」

「とんでもない。話してくれよ。どうしてもこわくなったら、いうとしよう」

「よろしい」

これはぼくが子どものときに、ガフサから聞いた話なんだけどね、とスナフキンは話しはじめました。

「世界のはてに、目もくらむような高い高い山があるんだ。その山は、石炭みたいにまっ黒で、絹《きぬ》みたいにすべすべしていて、おそろしく切り立ってるんだ。下をのぞいてみても、山すそなんか見えやしない。あるのは雲ばかりなんだって。

ところが、その山のてっぺんには、飛行おにという魔物《まもの》の家が建っているんだぜ。こんな感じにね」

こういってスナフキンは、砂《すな》の上に図をかいてみせました。

「窓《まど》が一つもないの？」

スニフがたずねると、スナフキンが答えました。

「ないよ。ドアもない。なにしろ飛行おにってやつは、いつでも黒ヒョウに乗って、空から出入りするんだからね。夜になると出かけて、マントの中にルビーを集めて回るんだって」

「えっ、なに？　ルビーだって！　どこで見つけてくるんだろ」

耳をぴんと立てて、スニフがさけびました。

「飛行おにには、どんなすがたにでも変わることができるんだ。だから、宝物《たからもの》が眠《ねむ》ってるところなら、地面の下でも海の底へでも、自由にもぐっていけるのさ」

「そんなにたくさん宝石《ほうせき》を集めて、どうするのかな？」

スニフは、うらやましそうにつぶやきました。

「どうにもしやしないさ。あいつは、ただ集めるんだ。ヘムレンさんが植物を集めるみたいにね」

「なんだって？」

ヘムレンさんが自分の砂《すな》の穴《あな》から起き上がって、大きな声を出しました。

「飛行おにが、家中ルビーでいっぱいにしているって話をしていたんですよ。家には山のようにルビーを積んであるし、壁《かべ》にも猛獣《もうじゅう》の赤い目みたいに、はめこんであるんだ。

飛行おにの家には屋根がないから、その上を通る雲は、ルビーが反射《はんしゃ》して血みたいに赤く染《そ》まってしまう。あいつの目だって赤くて、闇《やみ》の中で光るんだよ」

「なんだか、こわくなってきたな。ここからは、気をつけておくれ」

ヘムレンさんはいいました。

「飛行おにって、なんてしあわせなんだろう」

スニフは、ため息まじりです。

スナフキンは話しつづけました。

「とんでもない。あいつは、『ルビーの王さま』を見つけるまでは、幸福になんてなれない

Tove

んだよ。そのルビーは、黒ヒョウの頭くらい大きくて、中をのぞくと炎《ほのお》がめらめらしてるんだって。飛行おにはあらゆる遊星を回って、海王星《かいおうせい》まで探《さが》しに行ったけど、どうしても見つからないんだ。今は月のクレーターの中まで、探しに行ってるのさ。でも、自分でもそんなに期待してないらしい。ルビーの王さまは、きっと太陽の中にあると心の中ではわかってるのさ。なんどかやってみたけど、なにしろ太陽があまりに熱すぎてね。これが、ガフサから聞いた話だよ」

「よくできた物語だね。しましまキャンディをもう一つくれよ」

スノークがいいました。

スナフキンはしばらくだまっていましたが、やがて口を開きました。

「物語なんかじゃなくて、ぜんぶ本当さ」

「ぼくは最初からそうだって、わかってたよ。宝石《ほうせき》とか、本物っぽいもの」

スニフが声を張《は》りあげました。

「でも飛行おにが本当にいるかなんて、わからないじゃないか」

スノークは、まだうたがっています。

「ぼくは、あいつを見たんだぜ」

こういいながら、スナフキンはパイプに火をつけました。

ニョロニョロの島で、飛行おにがやつのヒョウに乗っているところを、ぼくはこの目で見たよ。かみなりの中、空を飛んでいくすがたをね」

「でもそんなこと、ひとこともいわなかったじゃないか」

ムーミントロールが大声をあげると、スナフキンはうで組みしていいました。

「ぼくはひみつが好きでね。それはともかく、ガフサによると、飛行おには大きな黒いシルクハットをかぶっているらしい」

「えっ、まさか！」

「じゃあ、あれが！」

ムーミントロールとスノークのおじょうさんが、声をあげました。

「そういうことだな」

スノークがいうと、

「だからなんだ？　どうしたっていうんだい」

ヘムレンさんがおろおろして聞きました。

「ぼうしの話だよ。春にぼくが見つけた黒いシルクハットが、飛行おにのぼうしだってこと。月に飛んでいくときに、落としちゃったんだよ」

スニフがいい、スナフキンはうなずきました。

「もし飛行おにが、ぼうしを取り返しに来たら、どうすればいいの。わたし、とてもそんな赤い目を見つめる勇気はないわ」

あわてるスノークのおじょうさんに、ムーミントロールがいいました。

「やつはまだ、月にいるんじゃないかな。月までは遠いんでしょ？」

「かなりね。それに、クレーターをぜんぶ調べるには、いくら飛行おにだって、ずいぶん時間がかかるだろう」

スナフキンが答えたあと、しばらく不安な沈黙《ちんもく》がつづきました。みんなは、ムーミンやしきの鏡台の上にのせてある、あの黒いぼうしのことを考えていたのです。

「もう少し、ランプを明るくしてよ」

スニフがふるえ声を出しました。

「なにか聞こえなかった？　外にだれか……」

だしぬけにスノークのおじょうさんがささやき、みんなは、どうくつのまっ暗な出入り口を見つめて、耳をすましました。

ほんの小さな、かろやかな音がします。もしかして、黒ヒョウの足音でしょうか。

「なんだ、雨の音だよ。とうとう雨がふってきたんだ。少し眠《ねむ》らない？」

ムーミントロールがいいました。

そこでみんなは、それぞれ砂の穴にもぐりこみ、毛布をかぶりました。

ムーミントロールはランプを消すと、しとしと静かな雨音を耳に、すうっと眠《ねむ》りの中に運ばれていきました。


ヘムレンさんが目をさますと、寝《ね》どこの砂の穴が、水びたしになっていました。

あたたかい夏の雨が、ささやくようにふっています。それが小さな川になり、岩壁《がんぺき》をつたって滝《たき》のように、ヘムレンさんの穴に流れこんでいるのでした。

「こりゃ、ひどい」

ヘムレンさんはひとりごとをいうと、ぬれた服をしぼり、天気を見るためにどうくつの外へ出てみました。

どこもかしこも灰色《はいいろ》にぬれて、ひどいことになっています。

ヘムレンさんは、なあに、水をあびただけだと考えようとしましたが、だめでした。

「昨日は暑すぎて、今日はずぶぬれか。もどってまた、横になるとしよう」

ふと、となりを見ると、スノークの穴は、まるっきりかわいているではありませんか。

「ちょっと場所をあけてくれないか。わしの寝どこが水びたしでね」

ヘムレンさんがたのみましたが、

「そりゃ、おきのどく」

といったきり、スノークは寝返《ねがえ》りを打って、背《せ》を向けてしまいました。

「じゃあ、わしはおまえの穴《あな》で眠《ねむ》るからな。いびきをかかんでくれよ」

ヘムレンさんは、はっきりいいました。

しかし、スノークはもごもごいっただけで、そのまま眠りつづけています。

すると、ヘムレンさんの胸《むね》に、復讐《ふくしゅう》してやりたい気持ちがふつふつわきあがってきました。そこで自分の穴とスノークの穴とを、みぞでつないだのです。

スノークは、びしょぬれになった毛布《もうふ》の上に、むっくり起き上がりました。

「おやおや、ヘムレンさんらしくもないじゃないか。だけど、こんなうまいことを思いつくなんて、おどろきましたよ！」

「自分でもびっくりしているのさ。ところで、今日はなにをするのかね」

ヘムレンさんはうれしそうです。

スノークは、どうくつの出入り口から鼻をつき出して、空と海とをながめていましたが、もっともらしくいいました。

「魚つりをしましょう。ほかのみんなを起こしてください。その間にぼくが船の用意をしておきますから」

スノークは、ぬれた砂の上をぶらついて、ムーミンパパがこしらえた栈橋《さんばし》のほうへ行きました。海から来る風に、鼻をくんくんやりながら。

とても静かな朝でした。雨がおだやかに落ちて、つやつやかに光る水の上に、一つぶ一つぶ輪をえがいていました。

スノークはひとりうなずくと、いちばん長いつり糸を取り出しました。太い糸から、たくさんのつり針《ばり》がたれ下がっています。それから栈橋の下にあるいけす網《あみ》を引っぱり上げると、すわりこんでスナフキンの漁の歌を歌いながら、つり針にえさをつけました。

ほかのものたちがどうくつから出てきたときには、用意がすっかりできあがっていました。

「さてと、やっとそろいましたね。ヘムレンさん、マストをたおして、オール受けに置いてください」

「つりをしなくちゃならないの？　つりをしてもぜんぜんつれやしないし、小さいカマスなんかが針《はり》にかかったら、かわいそうだわ」

スノークのおじょうさんが聞くと、スノークが答えます。

「ああ、でも今日はきっとうまくいくよ。おまえは、へさきにすわっておいで。そこなら、いちばんじゃまにならないから」

「ぼくにも手伝わせてよ」

スニフがわめいて、いきなりつり糸をつかむと、ボートのはしに飛び乗りました。そのおかげで、ボートはぐらりとゆれ、つり具箱がひっくり返って中身がちらばり、針やら糸やら半分が、オール受けやいかりにからまってしまいました。

「すばらしい。じつにすばらしい。たいそう海に慣《な》れていらっしゃる。船の中の作法もごぞんじだ。とりわけ、人さまの仕事も、十分尊重《そんちょう》していらっしゃる。ははは」

スノークがいったので、ヘムレンさんはびっくりしました。

「きみは、あの子をしからないのか？」

「しかるですって？　ぼくが？」

スノークは、暗く笑いました。

「みなさま、なにかおっしゃることは？　ありませんね。ではこのままつり糸を投げてください。なにかしら引っかかるでしょうよ」

こういってスノークは、船尾《せんび》にもぐりこむと、防水《ぼうすい》シートを頭からかぶってしまいました。

「やれやれ。スナフキン、オールを取ってよ。ぼくらは、このこんがらかった糸をなんとかするからさ。スニフ、ぼーっとしてるなよ」

ムーミントロールのことばに、スニフはほっとしました。

「りょうかい！　どっちのはしからはじめればいい？」

「まん中からだよ。こんどはしっぽにからませないように気をつけるんだぞ」

そしてスナフキンはゆっくりと、冒険号を海へとこぎ出していったのでした。

こんなことが起きている間、ムーミンママはとてもごきげんで、家の中を歩き回っていました。

雨はやわらかく庭にふりそそいでいます。どこもかしこも平和できちんとしていて、静かです。

「これで、なにもかもすくすくと育つわね」

ムーミンママは、ひとりつぶやきました。

「あの子たちが、どうくつに行ってくれてほっとしたわ」

少しばかりそこらを片《かた》づけることにして、くつした、みかんの皮、へんな石ころ、白樺《しらかば》の皮など、いろんなものをまとめはじめました。

オルゴールの中からは、シダの葉っぱが見つかりました。ヘムレンさんがおし葉にするのをわすれたのです。

ムーミンママはやさしい雨音に耳をすましながら、集めたものをくるくるとまるめました。

「さあ、これですくすく育つんだわ」

ママはもう一度くり返すと、まるめたものを、放り投げました。それが、あの魔物《まもの》のぼうしに入ってしまったのですが、まったく気づかずに、昼寝《ひるね》しようと自分の部屋に入ってしまいました。なにしろムーミンママは、雨が屋根を打つ音を聞きながら眠《ねむ》るのが、とても好きでしたからね。


さて海の底では、スノークの長いつり糸が、魚の食いつくのをじっと待っていました。

もう、二時間もたっていたので、スノークのおじょうさんは、すっかり退屈《たいくつ》しています。

「こうやって待っているのが、わくわくするんだよ。どの針になにが食いつくかなってね」

ムーミントロールがそういっても、スノークのおじょうさんはため息まじりです。

「とにかく、半分にした小魚をつけた針を引き上げると、スズキなんかが引っかかってくるってことよね。半分じゃなくて、まるごと一ぴきのがね」

「でも、なんにもかかってないかもしれないよ」

と、スナフキンがいいました。

「それかカサゴかもしれんぞ」

ヘムレンさんがつけくわえました。

「レディのみなさんには、このたのしさがわからないんだ」

スノークが決めつけました。

「さあ、引き上げていいころだぞ。だけど、みんなさわぐなよ。ゆっくり、ゆっくり！」

最初のつり針が上がってきました。

なにもかかっていません。

第二の針が上がってきました。

これもかかっていません。

「これはつまり、魚が深くもぐっていて、とてもでっかいやつばかりだという証拠《しょうこ》さ。さあ、みんな、静かにしていてくれ」

スノークはそれからなおも引き上げつづけましたが、四つともからっぽでした。

「こりゃ、ずるがしこいやつだ。えさをみんな食っちまいやがった。きっと、とんでもなくでかいやつだぞ」

みんなは、船べりに身をのりだして、つり針《ばり》が沈《しず》んでいる黒々とした水底《みなそこ》をのぞきこみました。

「なんの魚だと思う？」

スニフが聞きました。

「ひかえめに考えても、マメルクだね。見たまえ、十本も針がからになってる」

スノークが答えると、スノークのおじょうさんがいいました。

「やれやれね」

「おまえこそ、やれやれだぞ」

兄は怒《おこ》ったようにいって、針を引きつづけました。

「静かにしないと、魚がびっくりして逃《に》げちゃうじゃないか」

つぎからつぎへと、海草や藻《も》がからみついたつり針が、上がってきました。しかし、どれにも魚はかかっていません。ただの一ぴきもかかっていないのです。

そのとき急に、スノークがさけびました。

「ほら、引いたぞ。たしかに引いたぞ！」

「マメルクだ！」

スニフもきいきい声を出しました。

「さあ、ここでぐっとがまんだ」

スノークが自分を無理やり落ちつかせながら、いいました。

「石みたいに静かにするんだ。そうら、来るぞ！」

ぴいんと張《は》りつめていた糸が、とつぜんゆるんだかと思うと、暗い緑色をした海のずっと底のほうで、きらりと白いものが光りました。

マメルクの青白い腹《はら》でしょうか。

なにか海の底から、けわしい山がぐわっとせり上がってきたような、すさまじいながめでした。大きな大きな木の幹《みき》みたいに、緑色にこけむしたものが、ぬらりと船の下でくねりました。

「網《あみ》！　すくい網はどこだ！」

スノークがどなりました。

それと同時に、ゴーッというものすごい音と、白い波しぶきにつつまれました。とほうも

ない大波が冒険号をとらえて高く持ち上げたかと思うと、つり糸が甲板《かんぱん》の上に放り上げられました。それから急にまた、しぃんと静かになりました。切れたつり糸が、見るもあわれに、船べりからたれ下がっています。

水の中のはげしいうねりが、怪物《かいぶつ》の逃《に》げていった方向をしめしていました。

「スズキだなんていったやつはだれだ。あんな魚は、もうぜったいつれないぞ。一生取り返しがつかないほどの大失敗だ」

スノークはおおげさな口調で、妹にいいました。

「ここで切れたんだ。どうも、糸が細すぎると思ったよ」

ヘムレンさんが、つり糸を手にしていいました。

「海水浴でもしてやがれ！」

とどなって、スノークは顔をおおっています。

ヘムレンさんはまだなにかいおうとしましたが、スナフキンが向こうずねをけとばしました。

ボートの中は、静まりかえっています。

そのときスノークのおじょうさんが、遠慮《えんりょ》がちにいいました。

「もう一度やってみたらどう？　つり糸には、もやいづなが使えると思うわ」

スノークはふん、と鼻を鳴らしました。

「つり針《ばり》はどうするんだよ？」

「兄さんの折りたたみナイフがあるじゃない。刃《は》を開いてね。それからコルクぬきと、ねじ回しと、キリも使えば、どれかに引っかかると思うわ」

スノークは、目にあてていた手をのけていいました。

「うむ。だけど、えさがないよ」

「パンケーキがあるわ」

みんながかたずをのんで待っている間、スノークは考えこみましたが、とうとう口を開きました。

「まあ、もしマメルクがパンケーキを食べるとしての話だがな」

これで決まり。漁はつづきます。

ヘムレンさんのポケットに入っていた少しばかりの針金《はりがね》で、ナイフをもやいづなに結びつけ、パンケーキをさして、海へ投げこみました。みんなは、だまったまま待ちました。

するととつぜん、冒険号がぐうっとかたむきました。

「静かに！　食いついてきたぞ」

スノークがいいました。

ふたたび、ぐいと引っぱられました。こんどは、もっと強くです。それから猛烈《もうれつ》な引きが来たせいで、みんなは甲板《かんぱん》に投げ出されました。

「助けてえ。マメルクに食べられちゃうよ！」

スニフがわめきました。

冒険号のへさきは、危険《きけん》なくらい水にもぐりました。が、なんとか持ち直しました。と思うやいなや、こんどはすさまじい速さで沖のほうへ走り出したのです。

もやいづなは、まるで弓の弦《つる》のようにぴいんと張《は》って、その先は白くあわ立つ波の下に消えています。

マメルクは、パンケーキを気に入ってしまったのです。

「落ちつけ！　静かに！　みんな持ち場についてろよ！」

スノークがどなりました。

「あいつかもぐらないと　どうにもならないって！」

こうさけんだスナフキンは、へさきまではっていきました。

マメルクは、まっしぐらに沖のほうへ向かっていきました。あっという間に、岸は絵ふででさっと引いた細い線みたいに、遠くぼやけていきました。

「いつまで、やつは持ちこたえるかな？」

ヘムレンさんが聞きました。

「最悪の場合は、ロープを切ればいいよね。でなけりゃ、どうなっても知らないよ」

スニフがいいました。

「ぜったいだめよ！」

前髪《まえがみ》をふり立てて、スノークのおじょうさんが声を張《は》りあげました。

やがてマメルクは、大きなしっぽで空を切るようにひとふりすると、ぐるっと回って、また岸へ向かいだしました。

船尾《せんび》でひざをつき、水面《みなも》のようすを見ていたムーミントロールが、大声でいいました。

「少しのろくなってきたぞ。やつ、まいってきたんだ」

マメルクはたしかにつかれていました。しかし同時に、怒《いか》りもはげしくなってきたのです。ぐいぐいもやいづなを引っぱり、冒険号を転ぷくしそうになるほど、ふり回しました。

ときには、あざむくかのように、じいっと身動きもしないでいたかと思うと、みんなが頭から波をかぶってしまうほど猛烈《もうれつ》なスピードでつき進むのでした。

そこでスナフキンはハーモニカを取り出して、漁の歌を吹《ふ》きはじめました。ほかのみんなはそれに合わせ、甲板《かんぱん》がふるえるほど力いっぱい足をふみ鳴らして、拍子《ひょうし》を取りました。

するとどうでしょう！

急にマメルクが、とほうもなく大きいおなかを上にして、浮《う》かび上《あ》がってきたのです。これほど大きい魚は、だれも見たことがありませんでした。しばらくみんなはことばを失って、そのすがたをながめていました。

ようやくスノークが口を開きました。

「とうとうつかまえてやったぞ！」

「やったわね」

妹はほこらしそうにうなずきました。

マメルクを引っぱって陸に向かうとちゅう、雨がはげしくなりました。ヘムレンさんの服はずぶぬれになり、スナフキンのぼうしは、元の形がわからないありさまです。

「これじゃあ、どうくつの中も、すっかりぬれてるだろうな」

こごえながらオールをにぎっていたムーミントロールが、ぽつりといいました。それからまたしばらくして、つけたしました。

「ママが心配してるかも」

「つまりそろそろ家へ帰ったほうがいいってこと？」

スニフがたずねると、スノークも賛成《さんせい》しました。

「そうだな。この魚を見せなくちゃな」

「家に帰るとしよう。いつもとちがうことも、たまにはいいものだな。こわい話や、ずぶぬれになったり、ひとりで好きかってにやったりするのも、わるくはない。いつもこうだと、こまるがね」

ヘムレンさんも、いいました。

みんなはマメルクの下に板をさしこむと、力を合わせてかつぎ、森をぬけていきました。マメルクがあんぐり口を開けていたので、ちょいちょい木の枝《えだ》が、その歯に引っかかりました。おまけに何百キロもの重さですから、みんなは道をまがるたびに、休まなくてはなりませんでした。

その間にも、雨はどんどんひどくなっていきました。ようやくムーミン谷にたどりつきましたが、雨のせいで家が見えません。

「マメルクは、ちょっとここへ置いておいたら？」

スニフが持ちかけました。

「ぜったい、だめ」

ムーミントロールは、怒《おこ》って返事しました。

みんなが庭を通りぬけていたとき、急にスノークが立ち止まってさけびました。

「道をまちがえたな」

「まさか。あそこにたきぎ小屋があるし、向こうに見えるのは橋だろ?」

ムーミントロールはいい返しましたが、スノークはつづけます。

「うん。だけど、家はいったいどこにあるんだ?」

まったくふしぎでした。ムーミンやしきが消えてしまったのです。影《かげ》も形もありません。

みんなはマメルクを、階段《かいだん》前のきらきら光る砂利《じゃり》の上に置きました。いや、階段がないので、階段があったはずの場所というべきでしょう。

でもそのまえに、説明しないといけませんね。みんながマメルクつりへ行っていた間に、ムーミン谷で起こったことを。

先ほどお話ししたように、ムーミンママはゆっくり昼寝《ひるね》をしようと、部屋へ引っこんだとき、ヘムレンさんが取ってきたシダの葉をまるめて、うっかりあの魔物《まもの》のぼうしの中へ投げ入れてしまったのです。

そうじなんかしなけりゃ、よかったのにねえ。

昼下がり、家中が眠《ねむ》るように静まりかえっている間、そのシダの葉っぱが魔法《まほう》にかかって、どんどん大きくなっていったのでした。

シダの葉はまず、そろそろとぼうしの中から出てきて、ゆかをはい回りました。それから、まきひげやあたらしい芽を出しながら、壁《かべ》にはい上がり、カーテンやタイルストーブのひもにからみつきました。さらにあちこちのすきまや換気装置《かんきそうち》、かぎ穴《あな》までもぬけて、そこら中につるをのばしていったのです。

むし暑い中でしたので、ばけものじみた速さで花が咲《さ》き、実がなり、熟《じゅく》しはじめました。大きな葉をつけた長いつるはたちまち階段《かいだん》をおおいつくし、テーブルやいすの足にからみつき、天井《てんじょう》のあかりにからまったコードのようになって、たれ下がりました。

家中、つるがするするとのびていく音であふれました。ときたま、大きな花がポンと咲く音や、熟した実がじゅうたんの上にドサッと落ちる音もしました。

でもムーミンママは、ただの雨の音だと思って、寝返《ねがえ》りを打つと、そのままますやすや眠っていたのです。

となりの部屋では、ムーミンパパがせっせと自伝を書いていました。あの桟橋《さんばし》を作ったあとは、書きとめるほどおもしろいことも起こりませんでした。そこでパパは、子どものころの思い出話を書くことにしました。すると、いろいろなできごとがよみがえってきて、思わず涙《なみだ》がこぼれそうになりました。

ムーミンパパは、ふつうの子どもとは少しちがっていて、ずばぬけた才能《さいのう》の持ち主だったのですが、だれからもわかってもらえませんでした。大きくなってからもやはり理解《りかい》してもらえなくて、なにをするにつけても、ひどい目にあってばかりだったのです。

この話を読んだら、あいつらみんな、心がいたむだろうなと思いながら、パパは書きに書きました。するとパパの気持ちも晴れてきて、こう考えたのです。

(あいつらが自分でまいた種、ってもんだ)

ちょうどそのとき、青いプラムの実が一つ落ちてきて、原稿《げんこう》用紙の上に大きな青いしみをつけました。

「おお、わがしっぽよ！　あの子たちが、帰ってきたんだな！」

ムーミンパパはこうさけんで、ふり向きざまににらみました。

ところが、後ろにはだれもいませんでした。目に入ったのは、黄色い実がぎっしりついたベリーのしげみではありませんか。

ムーミンパパはおどろいて飛び上がると、青いプラムがはげしい雨のようにふり、机《つくえ》の上にどさどさ落ちました。

天井をすきまなくしげる枝《えだ》が、つぎつぎ芽吹《めぶ》きながら、窓《まど》に向かってどんどん広がっているのでした。

ムーミンパパは声を張《は》りあげました。

「おーい、起きて、こっちへ来てくれ！」

ムーミンママは、びっくりして目をさましました。するとおどろいたことに、部屋が小さな白い花でうずまっているではありませんか。天井からあふれた花々が、デコレーションのように下がっているのです。

「まあ、なんてきれいなんでしょ。ムーミントロールがわたしをよろこばせようと思って、やったにちがいないわ」

ママはうすい花のカーテンをそっとかきわけて、ベッドを下りました。

「おーい！　開けてくれ。出られないんだ！」

ムーミンパパが、壁《かべ》の向こうでさけんでいます。

ムーミンママはドアをおし開けようとしましたが、びくともしません。なにしろ、つる草がすっかりおおってしまっていたからです。

そこでママは、ドアのガラスを一まいこわして、やっとのことでその穴《あな》をすりぬけました。階段《かいだん》のところはイチジクのしげみになっていましたし、居間《いま》はまるっきりジャングルでした。

「やれやれ！　これはまた、あのぼうしのしわざね」

ムーミンママは腰《こし》を下ろすと、シュロの葉で顔をあおぎました。

するとじゃこうねずみが、おふろ場にできたシダの森からぬっとあらわれ、みじめな声でいいました。

「植物なんぞ集めるから、こんなことになるんじゃ！　わしは最初から、あのヘムレンとやらを信用しとらんかったぞ」

つるはえんとつをぬけて屋根の上までのびて、ムーミンやしき全体を、厚《あつ》い緑のじゅうたんでおおっていました。

いっぽう外では、ムーミントロールが雨の中につっ立って、この大きな緑色のかたまりを、見つめていました。そこでは、花がつぎからつぎへと開き、実が緑から黄色へ、黄色から赤へと、たえまなく熟していました。

「やっぱり、ここにちがいないよ」

スニフがいうと、ムーミントロールは顔をくもらせました。

「たしかに、この中だね。でもこれじゃあ、入ることも出ることもできないよ、ぜったいに！」

スナフキンは、この緑のやぶをさっそく探検《たんけん》にかかりました。

ドアもないし、窓《まど》もありません。どこもかしこも、むちゃくちゃにしげった葉っぱと花のじゅうたんにおおわれています。つるを引っぱってみましたが、ゴムのように強くて、まったく切れないのです。

そして、ちょうどのびてきたつるが、スナフキンのぼうしにからんで結び目を作り、頭からぼうしを持ち上げたではありませんか。

「また、あの魔法《まほう》か。やつら、退屈《たいくつ》してきたな」

その間にスニフは、葉っぱやつるでおおわれたベランダをがさごそやっていましたが、こうさけびました。

「地下室の空気穴《くうきあな》だ、ここはまだ開いてるよ！」

ムーミントロールは、いそいで走っていって、まっ暗な穴の中をのぞくと、きっぱりといいました。

「ここから入ろう。でもいそがないと、ここもじきにふさがっちゃうぞ」

そこでみんなは、まっ暗な地下室の中へつぎつぎ入っていきました。

「ひゃあ。わしにゃ無理だよ」

と、いちばん後ろにいたヘムレンさんがさけびました。

「じゃあ、あなたは外にいて、マメルクを見はっていてください。それなら家のまわりで、植物採集《さいしゅう》もできるでしょう」

スノークがいいました。

こうして、かわいそうなヘムレンさんが雨ふる外で、めそめそやっている間、ほかのみんなは、手さぐりで地下室の階段《かいだん》を上がっていったのです。

「運がいいぞ！　ドアが開いてる。だらしがないのも、ときには役に立つんだねえ」

ムーミントロールがいうと、スニフがいばりました。

「閉《し》めわすれたのは、ぼくさ。だからぼくのおかげだよ！」

さらに進むと、ふしぎなながめにぶつかりました。じゃこうねずみが枝《えだ》の間に腰《こし》かけて、なしの実を食べていたのです。

「ママはどこ？」

と、ムーミントロールが聞くと、じゃこうねずみは苦々しい顔をしました。

「あの人はおまえさんのパパを、部屋から救い出そうとしとるぞ。じゃこうねずみの天国は平和な場所だと願いたいね。どうせ、わしはもう、先が長くないんじゃからな」

するると、なにか聞こえてきました。斧《おの》で切る音につづき、バリバリという音と、大よろこびでさけぶ声が聞こえました。ムーミンパパが救い出されたのです。

ムーミントロールは、ジャングルをかきわけて階段《かいだん》の下まで行くと、大声で呼《よ》びかけました。

「ママ、パパ！　ぼくがるすの間に、いったいなにをしたのさ？」

「あら、それがね。またあのぼうしのことで、失敗しちゃったみたいなの。でも、まあ、上がってらっしゃい。クローゼットの中に、ブラックベリーのしげみを見つけたのよ」


その日は、すばらしい午後となりました。

みんなはジャングルごっこをして遊んだのです。ムーミントロールはターザンになり、スノークのおじょうさんはジェーンになりました。スニフがターザンの息子《むすこ》で、スナフキンはチンパンジーのチータです。スノークは、オレンジの皮でこしらえた歯（どうやって作るのかは、お母さんに聞いてね）をつけて怪物《かいぶつ》になり、そこらじゅうをはい回りました。

「ターザンハングリー。ターザンイートナウ！」

ムーミントロールはつるによじ登っていいました。

「なんていったの？」

スニフが聞くと、スノークのおじょうさんが教えました。

「ごはんを食べるぞ、っていったの。英語なんだけど、ジャングルではこう話すみたい」

ターザンが洋服だんすの上によじ登って、

「うおう！」

と、おたけびをあげると、ジェーンやジャングルの仲間たちも、

「うおう！」

とさけび返すのでした。

「いやはや、これ以上わるくなりようもない、ってやつじゃやな」

じゃこうねずみは、うめき声をあげると、シダのしげみの中にもぐりこみました。葉っぱがのびてきても耳の中へ入りこまないように、タオルをすっぽり頭にかぶってね。

「そら、おれはジェーンをさらっていくぞ」

スノークはさけびながら、妹のしっぽをつかまえて、居間《いま》のテーブルの下に開いた穴《あな》へ、引っぱりこみました。

シャンデリアの上に作ったすみかに帰ってきて、ようやくそのことに気がついたムーミン

トロールは、ジャングルがふるえるほどの声をあげながら、スノークのおじょうさんを救《すく》いに突進《とっしん》しました。

そんなようすを見ながら、ムーミンママはパパに話しかけました。

「やれやれだわ。でもみんな、たのしんでるようね」

「わたしもだよ。ちょっとこっちにバナナを取ってくれないか」

こんなふうに、夕方までたのしんでいました。だれひとり、地下室のドアがつるや葉でふさがれてしまったことも、かわいそうなヘムレンさんのことも気にとめませんでした。

ヘムレンさんはずっと、ぬれた服を足にまつわらせながらすわりこんで、マメルクの見張《みは》りをしていたのです。

たまに、りんごをかじってみたり、ジャングルの花のおしべを数えたりしましたが、ほとんどため息ばかりついていましたっけ。

そのうちに雨はやみ、夜が近づいてきました。

すると太陽が沈《しず》むとともに、ムーミンやしきをおおっていた緑のかたまりに、異変《いへん》が起きました。あっという間に大きくなったのと同じいきおいで、こんどはどんどん枯《か》れはじめたのです。

実はしなびて、地に落ちました。花はぐったりとしおれ、葉は枯れてちりちりになりました。そうして、家はふたたび、カサカサ、ミシミシという音でいっぱいになりました。

ヘムレンさんはじっとそのようすを見つめていましたが、つかつかと歩みよって、枝《えだ》をそっと引っぱってみました。

枝はかんたんに折れました。まるで火口《ほくち》（火打ち石で火を起こすときに最初に燃《も》やすもの）みたいに、かわききっています。

そこでヘムレンさんは、ひらめきました。小枝やつるを山のように集めると、たきぎ小屋からマッチを持ってきたのです。そうして、庭のまん中で、盛大《せいだい》にたき火をはじめました。

ヘムレンさんは火のそばに、にこにこすわって、服をかわかしました。

しばらくすると、またいいことを思いつきました。ヘムレンさんとは思えないほどの力を出して、マメルクのしっぽを引きずってくると、たき火の中へずるずると入れたのです。なにしろ、焼き魚は、ヘムレンさんの大好物でしたからね。

そういうわけで、ムーミン一家と仲間たちが、ベランダのしげみをおしわけて、玄関《げんかん》のドアを力いっぱい開けて目にしたのは、しあわせいっぱいのヘムレンさんだったのです。

あの大マメルクの七分の一ほどは、たいらげてしまっていました。

「ひでえおっさんだ。これじゃあ、ぼくの魚の重さが測《はか》れないじゃないか」

スノークがぼやくと、ヘムレンさんがいい返しました。

「わしの体重を測って、そいつの重さにたしたらいいんだ」

きっとヘムレンさんにとって、いちばん幸福な日の一つになったことでしょう。

「さあ、このジャングルを燃《も》やしてしまおう」

ムーミンパパのひと声で、みんなは家の中からあらゆるがらくたを持ち出してきて、ムーミン谷ではだれも見たことのないような、大きな大きなたき火をしたのです。

あの大マメルクも、たき火の中でまる焼きにされ、頭からしっぽまですっかりたいらげられました。

ところがそのあと、マメルクの大きさについて、いいあらそいがつづきました。

階段の下からたきぎ小屋まではあったぜというものがいたかと思うと、せいぜいライラックのしげみまでだったさ、というものもいましたからね。

6章

トフスランとビフスランが、ふしぎな旅行かばんを持ってあらわれる。追いかけてきたモランと、スノークがおこなった裁判《さいばん》について。

八月の初めの、ある朝早くのことです。

トフスランとビフスランが、山を越《こ》えて、いつかスニフが魔物《まもの》のぼうしを見つけたあたりまでやってきました。ふたりは山のてっぺんから、ムーミン谷を見下ろしました。

トフスランは赤いぼうしをかぶり、ビフスランは大きな旅行かばんを持っています。

とても遠くから歩いてきたので、かなりくたびれていました。

ムーミンやしきのえんとつからは、白樺《しらかば》とりんごの木のこずえをぬって、けむりが立ち上っていました。

「け、あむりだ」

と、ビフスランがいいました。

「りょにか、なうりしてるね」

こういってトフスランは、うなずきました。

そこでふたりは、ふしぎなしゃべり方をしながら、ムーミン谷へ下りていったのです。なにを話しているのかは、だれにもわかりませんでした。でも、ふたりの間では、ちゃんと通じあっていたのです。（訳者注《やくしゃちゅう》――ふたりのことばのひみつは、文字を入れかえることです。それだけいっておきますから、あとは自分で考えてみてください）

「だいっていって、はいじょうぶかしら」

トフスランがまよいました。

「なうか、ど。おやなことをいわれても、いじけづいちゃだめよ」

ビフスランはいいました。

ふたりは用心深く、つまさき立ちで、ムーミンやしきに近づいていきました。そして、ベランダの階段《かいだん》のところで、こわごわと立ち止まりました。

「いアをノックして、ドいのかな。どわいひとがでてきて、こなったらどうしよう」

トフスランがいったとたん、ムーミンママが窓《まど》から顔を出して、みんなを呼《よ》びました。

「コーヒーですよ」

トフスランとビフスランは、びっくりぎょうてんして、すきまに飛びこむと、そこから近くのじゃがいも置き場にうつって身をかくしました。

「あらま」

ムーミンママはおどろきの声をあげました。

「ねずみが二ひき、じゃがいも置き場に入りこんだわ。スニフ、ひとっ走りしてミルクをあげてきてくれる？」

そのとき、階段《かいだん》のところに置いてあった旅行かばんが、ママの目にとまりました。

「まあ、かばんまであるのね。じゃあ、泊《と》まるつもりなんだわ」

ママはあちこち探《さが》して、ムーミンパパを見つけると、こうお願いしました。ベッドを二つ作ってほしいの。ただ、とってもとっても小さいのをね、って。

その間、トフスランとビフスランは、じゃがいもの中にもぐりこんでいました。すきまから目だけを出して、びくびくふるえながら、これからどうなっちゃうのと身がまえていたのです。

「とにかく。わーヒーを、コかしていたね」

ビフスランはつぶやきました。

「きれか、だたわ。じずみみたいに、ねっとして」

トフスランがささやきました。

じゃがいも置き場の戸がきしんで、階段《かいだん》のてっぺんにスニフのすがたがあらわれました。片手《かたて》にはランプを持ち、もう一方の手に、ミルクの入ったお皿を持っています。

「おうい！　どこにいるんだい？」

スニフは声をかけました。

トフスランとビフスランはぐっと奥《おく》へ引っこんで、おたがいにぴったりだきあいました。

「きみたち、ミルクはいらないのかい？」

スニフが少し大きな声でいいました。

「だれわれを、わますつもりよ」

ビフスランがささやきました。

スニフが、怒《おこ》って話しだしました。

「きみたちは、ぼくを半日ここに立たせておくつもりかい。なんか、かんちがいしているんだな。じゃなければ、いやがらせか常識《じょうしき》ってものがないか、だな。玄関《げんかん》から入ってこないなんて、まったくばかなおいぼれねずみだぜ！」

「おまえこそ。ねかなおいぼれ、ばずみだい！」

ビフスランは、やり返しました。ばかなおいぼれねずみといわれて、とてもかなしくなってしまったのです。

「おや、外国人なのかな。ママをつれてきたほうがいいのかもしれないぞ」

こういってスニフはじゃがいも置き場の戸を閉《し》めると、台所へ走っていきました。

「どうだった？　あの子たち、ミルクは好きだって？」

ムーミンママが聞きました。

「あいつら、外国語をしゃべるんだよ。なにをいっているのか、だれにもわかりっこないさ」

「外国語って、どんな感じなの？」

ヘムレンさんといっしょに、カルダモンに支柱《しちゅう》を立てていたムーミントロールが、たずねました。

「『ねかなおいぼればずみだ』だってさ」

ムーミンママは、ため息をつきました。

「それはまた、やっかいなことになるわね。あの子たちの誕生日《たんじょうび》のデザートはなにがいいかとか、ベッドにクッションがいくつほしいかもわからないってことよ」

「外国語っていっても、わかるようになるよ。かんたんそうだもの。ねかなおいぼればずみ……」

こう、ムーミントロールがいいました。

そのとき、考えこんでいたヘムレンさんが、口を開きました。

「どうやら、わかったような気がするよ。あの子らはたぶん、スニフのことを『ばかなおいぼれねずみ』といったんじゃないかな」

スニフはカッと赤くなり、ぷいっと横を向いていいました。

「あんたがそんなにりこうなら、自分でじかに話せばいいじゃないか」

ヘムレンさんは、じゃがいも置き場の階段《かいだん》まで走っていって、やさしく呼《よ》びかけました。

「ムうこそ、よーミンやしきへ！」

トフスランとビフスランは、じゃがいもの山から顔を出して、ヘムレンさんを見つめました。

「おルクがあるよ、ミいしいよ」

ヘムレンさんはつづけました。

するとふたりは、階段をかけ上がって、居間《いま》に入ってきたではありませんか。

スニフが見ると、ふたりは自分よりもずっと小さかったので、気持ちがゆるみ、わざとらしくいいました。

「ハロー、お会いできて、ほんとにうれしいよ」

「わりがとう、あれわれもさ」

トフスランはいいました。

「いーヒーを、コれたの？」

ビフスランが聞きました。

「この子たち、なんていってるの？」

ムーミンママがたずねると、ヘムレンさんは答えました。

「おなかがすいているんですよ。でも、まだスニフは気に入らないみたいですね」

するとスニフは、声をあららげました。

「じゃあ、あいつらにこう伝えてよ。ぼくは生まれてから一度も、そんなくされニシンみたいな顔は、見たことないって。ぼくはもう出かけてくる」

「おニフは、スこってるんだ。きあ、まにしなさんな」

ヘムレンさんは、ふたりにいいました。

「とにかくこっちへ来て、コーヒーをおあがりなさい」

おろおろしながらムーミンママは、トフスランとビフスランを、ベランダに案内しました。ヘムレンさんは、通訳《つうやく》というあたらしい役目を、とてもほこらしく思って、後からついていきました。

こんなふうにして、トフスランとビフスランはムーミンやしきにむかえ入れられたのです。

ふたりはさわいだりしませんでしたが、たいてい手をつなぎ、あちこち歩き回っているのでした。そして、どこへ行くときも、旅行かばんを手放しません。

ところが夕方になると、ふたりはひどく不安そうに、いくども階段《かいだん》をかけ上がったりかけ下りたり、じゅうたんの下にもぐったりしました。

「しうか、どたの？」

ヘムレンさんが聞いてみると、ビフスランが小さい声でいいました。

「くランが、モるの」

「モラン？　だりゃ、それだね」

少しばかりこわがっているヘムレンさんに向かって、目を見開き、歯をむき出したトフスランが、のび上がりながらいいました。

「わっきい、こわあい、おるいやつなの。しアを、ドっかりしめてね」

ヘムレンさんは、ムーミンママのところへ走っていって、このおそろしい話を伝えました。

「モランっていう、大きい、こわい、わるいやつが来るらしいんです。今夜は、家中のドアにしっかりカギをかけなくちゃだめですよ」

「だけどうちじゃ、地下室のドアしかカギがかからないんですよ。外国人が来ると、いつもこうなるのよね」

ムーミンママは、こまりきってそういうと、パパのところへ相談しに行きました。

「それじゃあ、わたしたちも武器《ぶき》を取らねばならん。家具を引っぱっていって、入り口をしっかりとふさぐのだ。そんな大きくてこわいモランなら、たしかに危険《きけん》かもしれんぞ。目ざまし時計を居間《いま》にしかけよう。トフスランとビフスランは、わたしのベッドの下で眠《ねむ》ればいいさ」

ところがもう、トフスランとビフスランは、机《つくえ》のひきだしにもぐりこんでいて、出てくるのをいやがりました。

ムーミンパパはやれやれと頭をふり、たきぎ小屋へ鉄砲《てっぽう》を取りに行きました。

外はもう、八月の夕闇《ゆうやみ》がしのびよっています。庭がベルベットのような黒い影《かげ》で満たされてきましたし、風は森の中で、ものがなしそうなため息をついています。ツチボタルが出てきて、あかりを灯《とも》しています。庭の小道をたどってくると、パパはなんだかぞくぞく感じずにはいられませんでした。

もしモランが後ろにいたら、どうしましょう。いったいモランは、どんなやつなのか、どのくらい大きいのか、まったくわからないのです。

ムーミンパパはベランダまでもどってくると、ソファーでドアをふさいで、いいました。

「今日は一晩中《ひとばんじゅう》、ランプは消さずにおけよ。みんな、いつでも戦えるようにしておくんだぞ。それからスナフキンも、今夜は家の中で寝《ね》るように」

これを聞いたみんなは、おそろしく興奮《こうふん》しました。

ムーミンパパは、机《つくえ》のひきだしをコツコツたたいて、つづけます。

「わたしたちが、きみらを守ってやるぞ」

でも、返事がありません。

すでにトフスランとビフスランが、さらわれてしまったのではないかと心配して、パパはひきだしを開けてみました。でもふたりは、例の旅行かばんをかたわらに、すやすやと眠《ねむ》っているのでした。

「とにかく、わたしたちも寝るとしよう。だが、みんな武装《ぶそう》してな！」

不安そうにがやがやしゃべりながら、みんなはそれぞれ、自分の部屋に引き上げました。

まもなく、ムーミンやしきはひっそりとして、居間《いま》のテーブルの上では、ランプがさびしく燃《も》えているだけとなりました。

やがて、夜中になりました。

二時少しすぎに、じゃこうねずみが目をさまし、外へ出たいと思いました。そこで、ベッドからはい出て、寝《ね》ぼけまなこで、ふらふらと階段《かいだん》を下りていくと、ソファーが立ちはだかっていて、ぎょっとしました。ドアをソファーがふさいでいるのです。

「なんてことをしてくれたんだ。まったく」

とつぶやいて、じゃこうねずみは力いっぱいソファーをどかしました。とうぜんのように、ムーミンパパがしかけておいた目ざまし時計が、けたたましく鳴りだしました。

たちまち家の中は、かん高いさけび声や、銃声《じゅうせい》や、ドタバタ走り回る足音でいっぱいになりました。だれもかれもが、斧《おの》、はさみ、石、スコップ、ナイフに熊手なんかを持って、居《い》間《ま》へ下りてきてかまえると、じゃこうねずみをにらみつけました。

「モランはどこだ？」

ムーミントロールが、どなりました。

「いや、じつはわしなんじゃよ。ちょいとトイレに行きたくなってのう。おまえさん方のばかなモランのことは、すっかりわすれておったわい」

じゃこうねずみは、イライラしていいました。

「じゃあ、さっさと外へ出てってください。でももう二度と、こんなことしないように！」

こういってスノークは、ベランダのドアをガッと開けました。

そのときです。みんなの目に、モランがうつったのは。

みんないっせいに、モランを見ました。モランは、じいっと階段《かいだん》の下の砂利《じゃり》にすわり、まんまるいうつろな目で、こちらを見つめていたのです。

とくべつに大きいというわけではないし、そう危険《きけん》にも見えませんでした。しかし、モランがおそろしく意地のわるいやつで、いつまででも待ちぶせしているだろうことは、一目見ただけでわかりました。だからこそ、身の毛がよだつほど、ぞっとするのです。

だれひとり、かかっていく勇気はありま

せんでした。しばらくモランはすわっていましたが、ずるずると暗闇《くらやみ》の中へ、消えていきました。そして、モランがすわっていた地面は、まっ白にこおりついていたのです。

スノークはドアを閉《し》めると、ふるえあがりました。

「かわいそうなトフスランとビフスラン。ヘムレンさん、あのふたりが起きているかどうか、見てきてくださいよ」

ふたりは、目をさましていました。

「いいつ、あっちゃった？」

トフスランが聞きました。

「いう、もっちゃったよ。あみたち、きんしんしてねむれるよ」

ヘムレンさんは答えました。

トフスランは、ほっと息をつきました。

「たりがと、あすかった」

それから、ひきだしのありったけ奥《おく》まで旅行かばんをおしこむと、もう一度眠《ねむ》ってしまいました。

「わたしたちも、ベッドへもどってもよさそうね」

斧《おの》を下ろして、ムーミンママが聞きました。

「ママはそうしなよ。スナフキンとぼくで、お日さまがのぼるまで、起きてるつもりだから。でも、ハンドバッグはねんのため、まくらの下に入れておいてね」

ムーミントロールがいいました。

それからふたりは居間《いま》に残って、朝までポーカーをして遊んだのです。その夜は、もうモランは出てきませんでした。


あくる朝、ヘムレンさんが浮《う》かない顔をして、台所に来ました。

「わしゃ今、トフスランとビフスランと話をしてきたんだ」

「あら、こんどはなんですって？」

ムーミンママは、ため息まじりに聞きました。

「モランがほしがってるのは、あのふたりの旅行かばんらしいんだ」

ヘムレンさんの説明を聞いたママは、さけびました。

「なんてひどい。あの子たちのちっぽけな財産《ざいさん》を、うばい取ろうなんて」

「それが、事情《じじょう》はとてもこんがらかっているんだ。どうやらあの旅行かばんは、モランのものらしくてな」

ムーミンママは考えこみました。

「ふーむ。だとすると、たしかに事情《じじょう》はやっかいだわね。スノークに話してみましょう。あの子ならきっと、きっちり解決《かいけつ》してくれますわ」

スノークは話を聞き、とても興味《きょうみ》を持ちました。

「そりゃ、放っておけない事件《じけん》だ。裁判《さいばん》を開かなくちゃ。この問題を審議《しんぎ》します。みなさん、三時にライラックのしげみのところに、集まってください」

花のかおりとミツバチのブンブンいう音でいっぱいな、気持ちのいい、あたたかな午後でした。庭は、夏のおわりの深くこい色につつまれ、美しい花束のようにまぶしく輝《かがや》いていました。

ライラックのしげみとしげみの間には、じゃこうねずみのハンモックがつってあって、それには、モランの検察官《けんさつかん》と書かれていました。

スノークはかつらをつけ、箱の机《つくえ》を前にしてすわっていました。一目見て、この人が裁判官だとわかります。

向かい側には、トフスランとビフスランが被告席《ひこくせき》にすわり、さくらんぼを食べていました。

「ぼくが、ふたりを訴《うった》える人になろう」

スニフがいいました。ふたりに「ばかなおいぼれねずみ」と呼《よ》ばれたことを、根に持って

いたのです。

「それなら、わしはふたりの弁護人《べんごにん》になるよ」

と、ヘムレンさんがいいました。

「わたしはどうすればいいの？」

スノークのおじょうさんが聞きました。

「おまえさんは、参審員《さんしんいん》（裁判《さいばん》に参加する一般《いっぱん》の人）だ。ムーミン家の議会承認《しょうにん》があればいい。スナフキンは、裁判の記録をとってくれたまえ。くれぐれも、きちんとな」

スノークが決めていくと、スニフがたずねました。

「どうして、モランには弁護する人がいないのさ」

「いらないんだよ。モランがわるいかどうかっていう裁判じゃないんだもの。さあ、みなさん、用意はできましたね。よろしい。では、はじめます」

スノークが、コツコツコツと、こづちで箱を三回たたきました。

「わにがおきてるか、なかる？」

トフスランが聞きました。

「わんぜん、ぜかんない」

こういってビフスランは、ぷっと、裁判官《さいばんかん》にさくらんぼの種を吹《ふ》きかけました。

「きみたちは、わたしが質問《しつもん》するまで、口をきいてはいけない」

と、スノークが注意しました。

「『はい』か『いいえ』で答えなさい。ほかのことをいってはいけません。問題の旅行かばんは、きみたちのものですか。それともモランのものかね」

「いーは」

と、トフスラン。

「えいい」

と、ビフスランが答えました。

「書きとめてくれ。ふたりのいうことは、正反対だ！」

スニフがきいきい声を張《は》りあげます。スノークは箱をたたいて、どなりました。

「お静かに！　最後にもう一度聞くが、旅行かばんはだれのものかね」

「われは、それわれのもの」

すると、通訳《つうやく》のヘムレンさんが、あきれたようにいいました。

「ふたりのものだといっています。今朝は反対のことをいってたのになあ」

「うむ、それなら、モランにわたさなくてよろしいわけだ」

スノークは、ほっとしたようにいいました。

「しかし、この裁判《さいばん》はぼくの見せどころがなくて、ざんねんだったな」

そのときトフスランは身をのりだして、ヘムレンさんになにかささやきました。

ヘムレンさんは、大きな声でいいました。

「トフスランは、こういっております。モランのものというのは、旅行かばんの中身だけです」

「ははあん。そんなことだろうと思ったよ。じゃあもう、決まったね。モランが中身を返してもらって、そこのニシンこぞうたちにゃ、あのおんぼろかばんが残るってわけだ」

スニフがいうと、ヘムレンさんは強く発言しました。

「それじゃ、ちっとも解決《かいけつ》せんぞ！　問題は、だれが中身の持ち主か、ではなく、だれがその中身に対してきちんと権利《けんり》を持っているか、ということだ。あるべきところに、あるべきものを、だよ。

みなさん、モランをごらんになりましたね。そこで、おたずねしたい。いったいあの人は、中身に対する正当な権利《けんり》があるように見えましたか」

スニフはびっくりしました。

「まったくだ。ヘムレンさん、あんたはかしこいだろうよ。だけど、モランはだれからも好きになってもらえず、ひとりぼっちなんですよ。だからあっちも、みんなをきらうんだ。旅行かばんに入っているのは、きっとあの人のたった一つしかない持ちものですよ！　それをもあなたがたは、取り上げるというんですか。のけものにされてさびしく、ひとりきりで夜をすごしているというのに……」

スニフの声は、いよいよふるえてきました。

「たった一つの財産《ざいさん》を、トフスランとビフスランに、だましとられたんだ……」

鼻水が出てきて、スニフはそれから先、しゃべることができませんでした。

スノークは、箱をコツコツとたたいていいました。

「モランに弁護《べんご》はいらない。それに、きみの見解《けんかい》は感傷的《かんしょうてき》で、お涙《なみだ》ちょうだいっぽいぞ。また、ヘムレンの弁論《べんろん》も同じだ。では、参審員《さんしんいん》、前へ。きみの意見は？」

ムーミン家の参審員は、一歩前へ進み出ました。

「わたしたちはみんな、トフスランとビフスランが大好きです。モランのことは、最初から好きではありません。モランに中身を返すのは、ざんねんに思います」

それを聞き、スノークはおごそかにいいました。

「正義《せいぎ》は正義であるべきです。そこは、わきまえなくてはいけない。とりわけ、トフスランとビフスランは、いいことと、わるいことの区別がつかないんだからな。あの子たちは、そのように生まれついているのだから、どうしようもない。検察官《けんさつかん》、ご意見はありませんか」

じゃこうねずみは、ハンモックの中でぐっすり眠《ねむ》っています。

「うむ。まったく興味《きょうみ》なしだな。では、これから判決《はんけつ》を下すが、そのまえにいうべきことがある人はいますか？」

「あの、すみません」

スノークのおじょうさんが、口をはさみました。

「そのまえに、旅行かばんの中身がなんであるか、知っておいたほうが、よいのではないでしょうか」

トフスランが、またなにかささやきました。ヘムレンさんはうなずいて、いいました。

「中身はひみつだそうです。トフスランとビフスランは、それを世界一美しいものだと考えておりますが、モランは世界一ねだんの高いものと思っているとのことでございます」

裁判官《さいばんかん》はなんどもうなずいて、ひたいにしわをよせました。

「これは、むずかしい事件《じけん》だ。トフスランとビフスランのいうことはもっともだが、行動がまちがっておる。正義《せいぎ》はどこまでも正義じゃなきゃならん。よく考えねば。諸君《しょくん》、静粛《せいしゅく》にしてくれたまえ」

ライラックのしげみは、すっかり静まりかえっています。ミツバチの羽音が響《ひび》き、庭に夏の日ざしがじりじり照りつけます。

このとき、急につめたい風が、草の上を流れていきました。太陽は雲のかげにかくれて、庭が灰色《はいいろ》に染《そ》まりました。

「どうしたんだ?」

スナフキンはそういうと、ペンを止めました。

「また、あの人が来たんだわ」

スノークのおじょうさんが、声をひそめました。

凍《こお》りついた草の上にすわって、モランがこちらをじっと見ています。

そして視線《しせん》をゆっくりトフスランとビフスランに向けると、ウウウ……とうなりながら、じりじりとにじりよってきます。

「たすけて、たすけてええ!」

トフスランが、さけびました。

「待ちたまえ、モラン！　おまえにいいたいことがある」

スノークがいうと、モランは立ち止まりました。

「じっくり考えてみたんだが、トフスランとビフスランに、あのかばんの中身を売らないか？　いくらならいいかね？」

「高いさ！」

モランは氷のような声でいいました。

「ぼくがニョロニョロの島で見つけた、あの金の山でたりるかい？」

スノークがたずねると、モランは頭をふりました。

「すごく寒いわ。家からショールを取ってくるわね」

ママはそういって、庭をぬけて走っていきましたが、モランが立っているところからベランダまで、道が凍《こお》りついていました。

そこでママは、ひらめいたのです。うきうきしながらあの黒いぼうしを手にしました。

（モランはきっと、気に入るでしょうよ）

法廷《ほうてい》へもどり、草の上にぼうしを置くと、こういったのです。

「これはムーミン谷で、いちばん値《ね》うちのあるものよ。モランさん、この中に入れたものは、どうなると思う？　自由に乗れるかわいい雲が出てきたり、水がジュースになったり、くだものの木が生えたりするの。なにしろ、世界にたった一つしかない魔物《まもの》のぼうしですからね」

「証拠《しょうこ》は！」

モランは、ばかにしたようにいいました。

そこでムーミンママは、さくらんぼをぼうしの中に入れてみました。みんなは息をつめて、待ちました。

「とんでもないものに変わらなけりゃいいけどね」

スナフキンは、ヘムレンさんにささやきました。

しかし、運よくいきました。モランがぼうしの中をのぞいてみると、まっ赤なルビーがひとつかみ、入っていたのです。

「ほらね！　もしも、かぼちゃでためしたら、どうなるかしらね」

ムーミンママは、うれしそうにいいました。

モランはぼうしをじっと見つめ、トフスランとビフスランを見つめ、もう一度ぼうしを食い入るように見ました。

モランが必死に考えているのが、よくわかりました。

そして、いきなり無言でぼうしをつかむと、まるでつめたい灰色《はいいろ》の影《かげ》みたいに、体を引きずって行ってしまったのです。ムーミン谷であの女のすがたを見かけたのは、これが最後でした。飛行おにの黒いぼうしを見たのも、ね。

するとたちまち、庭はふたたびあたたかな色になり、ミツバチの羽音と花のかおりにつつまれる夏にもどりました。

「やれやれ、これであのぼうしが、やっかいばらいできたわ。初めてちゃんと役に立ったわね」

ムーミンママはいいました。

「だけど、あの雲はおもしろかったなあ」

スニフはつぶやきました。

「それに、ジャングルのターザンごっこもね」

ムーミントロールは、かなしそうです。

「うあ、わまくいったね」

こういって、ビフスランが検察官《けんさつかん》の横に置いてあった旅行かばんを持ち上げました。

「びえ、ねっくりだよ」

トフスランがいって、ビフスランと手をつなぎました。こうしてふたりは、ムーミンやしきへもどっていきましたが、みんなはあっけにとられて、見つめるばかりでした。

「あいつら、なんていったの？」

スニフが聞くと、ヘムレンさんは答えました。

「『ごきげんよう！』ってとこかな」

7章

スナフキンが旅立ち、なぞめいた旅行かばんが開かれる。ムーミンママのなくなったハンドバッグが見つかって、お祝いのパーティーが盛大《せいだい》におこなわれたこと。ついに飛行おにが、ムーミン谷にやってきたこと。

もう八月のおわりでした。夜になるとフクロウがホーホーと鳴き、コウモリが大きな黒い群れとなって、音もなくはたはたと庭の上を飛びめぐる季節です。

森は、ツチボタルのかがり火であふれ、海はきげんがわるくなりました。期待とものがなしい空気がただよい、大きな月は燃《も》えるように輝《かがや》いています。

ムーミントロールは、こうした夏のおわりの時期が、なぜかいちばん好きでした。

風や海の響《ひび》きはうつろい、あらゆるものに変わり目のにおいが感じられました。木々は、なにかを待ち受けるように立っています。

(なんだかいつもとちがうことが、起こりそうだなあ)

ベッドの中で目をさまし、天井《てんじょう》を見上げたまま、ムーミントロールは感じていました。

(きっとまだ朝もかなり早いけど、今日は晴れるぞ)

そして、くるっと横を向くと、スナフキンのベッドがからっぽになっているではありませんか。

そのとき窓《まど》の下から、ひみつの合図が聞こえてきました。長い口笛が一回、短いのが二回。

「きみは今日、なにをするつもり?」

という意味でした。

ムーミントロールはベッドからはね起きて、窓から外をのぞきました。

庭にはまだ、光がとどいておらず、ひんやりしています。スナフキンは、立って待っていました。

「ヤッホー」

ムーミントロールはいいました。でも、みんなが目をさまさないように、小さな声でそっとでしたけれど。それから、なわばしごをつたって下りていきました。ふたりは、おはようのあいさつをすると、川へ下っていきました。やがて、橋の手すりに腰《こし》かけると、川面《かわも》の上に足を投げ出し、ぶらんぶらんとさせました。

もう、お日さまは木のこずえまでのぼって、ふたりの顔をまぶしく照らします。

「ぼくたち、春にもこんなふうにして、ここにすわったねえ。長い冬の眠《ねむ》りからさめた、最初の日だったよね？　ほかのみんなは、まだ眠っててさ」

ムーミントロールのことばに、スナフキンがうなずきました。葦《あし》の葉で舟《ふね》をこしらえては、いくつも川に流しながら。

「どこへ流れていくんだろうね」

ムーミントロールが聞くと、スナフキンは答えました。

「ぼくのまだ行ったことのないところへ、さ」

その間にも小さな舟は、一そうまた一そうと、川のカーブをくるりと回って見えなくなっていきます。

「シナモンや、サメの歯や、エメラルドを積んでいくんだね」

と、ムーミントロールはいいました。

スナフキンがふっとため息をついたので、ムーミントロールはたずねました。

「今日はなにするの、っていってたよね？　きみはなにか考えてることがあるの？」

すると、スナフキンはこういったのです。

「うん、計画はあるにはあるよ。でも、ぼくがひとりっきりでやることなんだ。わかるだろ」

ムーミントロールは、長いことスナフキンを見つめていましたが、やがて口を開きました。

「きみは、ここを出ていくつもりなんだね」

スナフキンは、こっくりしました。

ふたりはしばらくものもいわずに、川の上で足をぶらぶらさせていました。その間も、川は足の下を流れていきます。スナフキンがあこがれ、たったひとりで行きたがっている、あちこちの見知らぬところへ向かって。

「いつ発《た》つの？」

ムーミントロールが聞きました。

「今、すぐにさ！」

スナフキンはそういって、手にしていた葦《あし》の舟《ふね》をぜんぶ川に投げこむと、手すりから飛び下り、朝の空気をくんくんかぎました。

旅に出るには、もってこいの日でした。山のいただきはお日さまの光で赤く染《そ》まり、そこに向かってくねくねと上っている道が、すっと消えています。あそこにはべつの谷間があり、その先には、また山がつづいているのです……。

スナフキンがテントを片《かた》づけるのを、ムーミントロールはそばに立って見ていましたが、やがてたずねました。

「それで、ずっと帰ってこないの？」

「いや。春のいちばん初めの日には、ぼくはまたここへもどってきて、窓《まど》の下で口笛を吹《ふ》くよ。一年なんか、あっという間さ」

「そうだね。いってらっしゃい」

「じゃあ、またな」

ムーミントロールはそのまま、橋の上に立っていました。スナフキンのすがたがだんだん小さくなって、白樺《しらかば》とりんごの木の間に消えるまで、ずっと見送りました。

まもなく、スナフキンのハーモニカが聞こえてきました。

すべてちっちゃな生きものは
しっぽにリボンをむすんでる……

それを聞いたムーミントロールは、どんなに自分の友だちが、うきうきした気持ちでいるか、よくわかりました。

音楽はだんだんかすかになって、とうとうすっかり静かになってしまいました。それからムーミントロールは、朝露《あさつゆ》にぬれた庭を走りぬけて、家に帰ったのでした。

階段《かいだん》のところでは、トフスランとビフスランがよりそって、日なたぼっこをしていました。

「ムはよ、おーミントロール」

トフスランがあいさつしました。

「おはよう、ビフスランとトフスラン」

ムーミントロールはいいました。今ではふたりのことばがわかるようになっていました。まねしてしゃべるのは、むずかしかったですけどね。

「なんた、あいてるの？」

ビフスランが聞くと、ムーミントロールは答えました。

「うーん。いや、スナフキンが行ってしまったんだ」

と、ムーミントロールは答えました。

「かやまあ、おわいそうに。キフスランのはなに、トスしてみなよ。げこしは、すんきがでるかもよ？」

トフスランが同情《どうじょう》したふうにいったので、ムーミントロールは、トフスランの鼻にキスしてみたけれど、ちっともうれしい気持ちにはなれません。

するとトフスランとビフスランは、頭をくっつけて、長いことささやきあっていましたが、やがてあらたまっていいました。

「みんたに、あせることにしたのよ。なこうかばんの、りょかみをね」

「あのかばんの中身？」

ムーミントロールがたずねると、トフスランとビフスランは、いきおいこんでうなずきました。

「おっち、こいで」

ふたりがかきねの下をくぐりぬけたので、ムーミントロールも腹《はら》ばいになって、ついていきました。おどろいたことに、ふたりはやぶのいちばん深いところに、ひみつのかくれ場所をこしらえていたではありませんか。

地面には、鳥の綿毛《わたげ》をしきつめて、まわりの枝《えだ》に貝がらや小さな白い石がぶら下げてありました。あたりはうす暗く、そばを通る人だって、かきねの向こうにこんなひみつの場所があろうとは、だれひとり気づかなかったのです。

トフスランとビフスランの旅行かばんは、草で編《あ》んだマットの上に置いてありました。

「スノークのおじょうさんのマットじゃないか。昨日、あの子が探《さが》していたやつだ」

ムーミントロールがいうと、ビフスランがあいづちを打ちました。

「あう、その人のマット。みれわれが、わつけたの。しちろんあのひとは、もらないよ」

「ふうむ」

ムーミントロールはうなりました。

「そろそろ、きみたちの旅行かばんの中身を、見せてくれる?」

ふたりはうれしそうにうなずくと、かばんの両側に立って、おごそかに数えはじめました。

「エット、トヴォー、トレー(一、二、三)」

そしてパチンと、かばんのかぎを開けました。

「こりゃ、すごいな」

ムーミントロールは、思わず声を出しました。

小さなかくれ家《が》が、やわらかな赤い光でいっぱいになりました。目の前に、ヒョウの頭ほどもあるルビーが、横たわっていたのです。夕日のように輝《かがや》き、炎《ほのお》のようにいきいきと、水《みな》

面《も》のようにきらきら光っていま
す。
「きても、とにいった？」
トフスランがたずねると、ムー
ミントロールは声をふるわせてい
いました。
「うん」
「なれならもう、そかない？」
ビフスランが聞いたので、ムー
ミントロールはうなずきました。
トフスランとビフスランは、満
足そうにほっと息をつき、すわっ
て宝石《ほうせき》を見ています。だまったま
ま、うっとりと見つめているので
した。
ルビーはまるで海のようにその

表情《ひょうじょう》を変えました。ただ光っているように見えたかと思うと、雪をいただいた山にのぼった朝日のようにバラ色の光がさしてきて、また急に、こっくりと深く赤い炎《ほのお》が、その中心からほとばしるのです。小さな火花のおしべを持った、大きな黒いチューリップみたいに。

「わあ、スナフキンに見せてあげたかったなあ」

こういってムーミントロールは、深いため息をつくと、長い長い間そこに立っていました。時の流れがゆっくりになったみたいに、いろんなことを思い出したのでした。そしてやっと口を開きました。

「まったく、すばらしいね。またいつか、見に来てもいい？」

ところが、トフスランとビフスランは、返事をしません。

ムーミントロールは、もう一度かきねの下をくぐって、外に出ました。

ぼんやりしたお日さまの光でさえも、まぶしくて少しふらふらしてしまい、草の上にすわって、めまいがおさまるのを待たなくてはなりませんでした。

（なんてこった。あれは、飛行おにが月まで探《さが》しに行った「ルビーの王さま」にちがいない。ちがってたら、ぼくは自分のしっぽをかじってもいいよ。それをあの小さなふたりが、ずうっと旅行かばんの中にかくしていたんだからなあ）

ちょうどそのとき、庭を散歩しているスノークのおじょうさんがやってきて、ムーミントロールのとなりにすわりました。ところがムーミントロールは、考えにふけっていて、気づかなかったのです。

しばらくして、おじょうさんが、ムーミントロールのしっぽのふさ毛にそっとさわりました。

「あ、きみだったの！」

ムーミントロールは、飛び上がりました。

スノークのおじょうさんはにっこりほほえむと、首をかしげて聞きました。

「わたしの髪型《かみがた》、どうかしら？」

「ああ、うん」

ムーミントロールの返事に、おじょうさんがいいました。

「なにか、考えごとでもしてるのね。どんなこと？」

「かわいいおじょうさん。うまく話せないんだけど、ぼく、気持ちがふさいでるんだ。スナフキンが旅に出てしまったんだよ」

「そんな、まさか」

「ほんとなんだ。ぼくには、さよならをいってくれたんだ。みんなのことは、起こしたくないからってさ」

ふたりが草の上にすわっていると、ぽかぽかとお日さまが背中《せなか》をあたためてくれました。

そこへ、スニフとスノークが、ベランダの階段《かいだん》までやってきました。

「ねえ、あなたたち、スナフキンが南へ旅立ったって、知ってる？」

スノークのおじょうさんが声をかけると、スニフがむっとしていいました。

「ぼくを置いてきぼりにするなんて！」

「だれだって、どうしてもひとりになりたくなるときがあるんだよ。きみはまだ小さくて、わからないだろうけどさ。それで、ほかのみんなは？」

ムーミントロールは聞きました。

「ヘムレンさんはきのこ狩《が》りに行ったし、じゃこうねずみはハンモックを外して、家の中に入れたよ。夜、寒くなってきたんだってさ。それからきみのママったら、今日はきげんがわるいみたい」

スノークがいうと、ムーミントロールはおどろいてたずねました。

「怒《おこ》ってるの？　それともかなしくて？」

「きっと、かなしいんだろうな」

「それなら、ぼく、すぐに行かないと。こうしちゃいられないぞ」

ムーミントロールは立ち上がりました。

行ってみると、ママは世にも不幸な顔つきをして、居間《いま》のソファーにすわっていました。

「どうしたの？」

ムーミントロールが声をかけました。

「ああ、もう、とんでもないことが起きたのよ。わたしのハンドバッグがなくなっちゃったの。あれがないと、わたし、なにもできないわ。あちこち探《さが》し回《まわ》ったけど、どこにもないのよ」

「それは、こまったね。ぼくたちみんなで探さなくちゃ」

大捜索《だいそうさく》がはじまりました。

じゃこうねずみだけは、仲間にくわわりませんでした。

「あらゆるむだなものの中でも、バッグなんてのは、いちばんいらんものだ。考えてもみたまえ。おくさんがハンドバッグを持っていようがいまいが、時は正しく進み、月日は変わらず流れていくんじゃぞ」

するとムーミンパパが、いいました。

「とんでもない。大ちがいですよ。ハンドバッグを持っていないママなんて、ママじゃないみたいだ。なにしろ、あれを持っていないママは、見たこともないですからね」

「中には大事なものが入っていたんですか」

スノークが聞きました。

「いいえ、ほんの急場にいるものだけよ。かわいたくつしたとか、キャンディとか、針金《はりがね》とか、おなかの薬とかね」

ムーミンママは答えました。

「もし見つけたら、なにかごほうびをくれる？」

スニフがたずねました。

「ええ、なんでも。そうね、みんなのために、とっても大きなパーティーを開きましょう。おいしいお菓子《かし》ずくめでね。そして、お風呂《ふろ》に早く入りなさいとか、早く寝《ね》なさいとかは、いわないことにするわ」

それを聞いたあとの捜索《そうさく》といったら、みんなのやる気が倍になりました。

だれもが家中を探《さが》しました。じゅうたんやベッドの下にもぐりこみ、ストーブや地下室ものぞきこみ、屋根裏《やねうら》や屋根の上まで探しました。

つづいて庭をすみからすみまで見て、たきぎ小屋や川のまわりにも行ってみました。それでも、バッグは見つかりません。

「ハンドバッグを持ったまま、木に登ったとか、水あびしたりして、なくしたんじゃないの？」

スニフがいいました。

「いいえ。ああ、なんてかなしい日でしょう」

がっかりするムーミンママを見て、スノークがいいました。

「電報《でんぽう》を打って、新聞にのせてもらいましょう」

さっそくそうすると、二つの大きなニュースがのった新聞が発行されました。

スナフキン、ムーミン谷を去る
なぞめいた、夜明けの出発

つぎには、さらに大きい活字で、こう出ていました。

ムーミンママのハンドバッグが行方《ゆくえ》不明に
まったく手がかりなし、今も捜索中《そうさくちゅう》
発見者には、お礼として、これまでにない大がかりな八月のパーティーが開かれるとのことこのニュースが伝わったとたん、森も山も海も、ハンドバッグを探《さが》すものたちでごったがえしました。ほんのちびさんの森ねずみまでが、探しに出かけていたのです。家に残っていたのは、年よりと動けないものだけでした。

ムーミン谷はどこもかしこも、わいわいさわぐ声や走り回る音がこだましています。

「あれまあ、なんてさわぎでしょう」

ムーミンママはいいましたが、正直なところ、かなり気をよくしていたのです。

「なんな、みにさがしているの?」

ビフスランがたずねました。

「もちろん、わたしのハンドバッグよ」

ムーミンママが答えると、トフスランがいいました。

「くの、あろいもの? よいさいポケットが、ちっつある? それで、ピがたがうつるくらい、すカピカの?」

「なんですって」

ママはうわの空で、よく聞いていなかったのです。

「くいさいポケットがよっつある、ちろいものでしょ」

トフスランはいったのですが、ママはこう返事しただけでした。

「そうよ、そうよ。いい子ね、あなたたちは心配しなくていいから、あっちへ行って遊んでなさい」

庭へ出ると、ビフスランが聞きました。

「どえ、ねうおもう？」

「みんなにしょげてるママは、あてられないな」

トフスランが答えると、ビフスランはため息をつきました。

「いえしてあげなくちゃ、かけないいね。ほのちいさなポケットのなかでねるの、あんとにきもちよかったのに」

それからトフスランとビフスランは、まだだれにも見つかっていない、ひみつのかくれ家《が》に行って、ムーミンママのハンドバッグを、バラのしげみから引っぱり出しました。

ふたりが、そのハンドバッグを引きずりながら庭を通りぬけていったのは、きっかりお昼の十二時でした。

飛んでいたタカが、すぐにふたりを見つけ、ムーミン谷の空から、ニュースを流しました。

じきに、号外の新聞が出ました。

ムーミンママのハンドバッグ、発見される

トフスランとビフスラン、お手がら!

ムーミンやしきにおける、感動的なひとこま……


「ほんとなのね!」

ムーミンママはさけびました。

「まあ、うれしくてたまらないわ! あなたたち、どこで見つけたの?」

「あらのしげみに、ばったんだよ。ほのなかでねると、こんとにきもちが……」

トフスランがいいかけたとき、バタバタとみんながかけつけてきて、お祝いをのべはじめました。そんなわけでムーミンママは、自分のハンドバッグが、トフスランとビフスランのベッドに使われていたことを、永久《えいきゅう》に聞きそこねたのです。でも、そのほうがよかったのでしょうね。

こうなるともう、だれもかれも八月の大パーティーのことしか、考えられなくなっていました。なにしろ、月がのぼるまでに、準備《じゅんび》しなければならないのです。しかも、ムーミン谷の人たちがわんさかやってくる、たのしいことまちがいなしのパーティーなのですから!

あのじゃこうねずみでさえやってきて、口出しするのです。

「テーブルはどっさり用意せねばならん。大きいのや、小さいのをな。それを、思いがけない場所に出しておくんじゃ。こういう大きいパーティーでは、だれしも同じ場所に、じっとすわっていないからな。いつもより、みんなそわそわするもんじゃろ。それから、いちばんいいものは、最初に出すんですぞ。あとはもう、お客はごきげんになってくるから、なにが出てきても同じことなんじゃよ。

もう一つ、歌やなんかの出しもので、みんなのじゃまをせんことじゃ。プログラムを作るのは、お客自身なんじゃから」

じゃこうねずみは、おどろくべき知恵《ちえ》をちらとのぞかせると、自分のハンモックにもどって、またもや『すべてがむだであることについて』の本を、読みふけるのでした。

「どっちをつけたらいいと思う？」

スノークのおじょうさんが、取りみだしたようすで、ムーミントロールに聞きました。

「青い羽根の髪《かみ》かざりがいいかしら、真珠《しんじゅ》のティアラがいいかしら」

「羽根にしなよ。耳のまわりと、くるぶしにつければ。あと、しっぽのふさにも、二つ三つさしこむといいよ」

おじょうさんは、ムーミントロールにありがとう！　といって走っていきましたが、ドアのところでちょうど、手に色とりどりのちょうちんを持っていたスノークと、ドスンとぶつかりました。

「なにやってんだよ！　やぶれちゃったじゃないか。役立たずの妹め！」

スノークは、妹に文句《もんく》をいってから、庭へ出て、木にちょうちんをつるしはじめました。

ヘムレンさんは、よさそうな場所に花火をしかけて回りました。「青い星の雨」「炎《ほのお》の蛇《へび》」「ベンガルの雪嵐《ゆきあらし》」「銀の泉《いずみ》」という花火や、パーンと破裂《はれつ》するロケット花火もです。

「こりゃあ、たまらないな。一つだけ、ためしちゃだめかねえ」

ヘムレンさんがつぶやくと、ムーミンパパはいいました。

「昼間だから見えないでしょうね。しかしどうしてもっていうなら、じゃがいも置き場で、『炎の蛇』をやってみては？」

パパは階段《かいだん》でたるをならべて、赤いパンチ酒を作っていました。干《ほ》しぶどう、アーモンド、はすのジャム、ジンジャー、砂糖《さとう》、メース（ナツメグの種の外側からできる香辛料《こうしんりょう》）に、レモンを少々くわえ、味をとびきりよくするために、ナナカマドのリキュールを二リットルほどまぜます。

ムーミンパパはそれを作りながら、ちょいちょい味見をしてみます。すばらしい味でした。

「一つざんねんなのは、音楽がないことだね。スナフキンがもういないんだもん」

と、スニフがいいました。

「あの古いオルゴールを鳴らせばいい。そら、これでなにもかもそろったじゃないか。二回目の乾杯《かんぱい》は、スナフキンのためにするとしよう」

こう、ムーミンパパがいいました。

「じゃあ、最初の乾杯は、だれのためにするの？」

と、スニフが聞きました。たぶん自分のためにじゃないかと、期待していたのです。

「そりゃ、トフスランとビフスランに決まってるさ」

パパは答えました。

パーティーの準備《じゅんび》は、ますます大がかりになってきました。ムーミン谷の住人だけでなく、森や丘《おか》や海辺に住むものまでが、食べものや飲みものを持ってきて、庭に広げたテーブルにならべました。

大テーブルの上には、つややかなくだものの山と、サンドイッチをもった大皿がありました。あちこちのしげみに置かれた小さいテーブルには、木の実や葉っぱのブーケ、くしざしベリー、ハーブ、麦の穂《ほ》がのっています。

ムーミンママは、パンケーキのたねをバスタブいっぱいに用意しました。おなべだけでは、とてもたりなかったからです。

そしてじゃがいも置き場から、ジャムの大びんを十一個《こ》も運んできました。十二個めのは、ざんねんなことに、ヘムレンさんが「炎《ほのお》の蛇《へび》」をやったとき、びっくりして割《わ》ってしまったのです。でも、トフスランとビフスランが、あらかたなめてくれたので、それほどもったいなくはありませんでした。

「ねっくりした、び。こたしたちのために、わんなにおおさわぎ！」

トフスランがいいました。

「なうだね、そんでかな」

ビフスランが、つけくわえます。

トフスランとビフスランは、いちばん大きなテーブルの主賓席《しゅひんせき》に案内されていたのです。あたりが暗くなって、ちょうちんをつけるのにいい時間になると、ヘムレンさんがゴングをたたきました。いよいよパーティーがはじまる合図です。

はじめのうちは、ずいぶんと、かしこまった雰囲気《ふんいき》でした。みんなとっておきのおしゃれをして、なんだかくつろげなかったのです。

「雨がふらなくて、よかったですね」

「ハンドバッグが見つかって、ほんとにけっこうでございました」

なんてあいさつしたり、おじぎしたりで、だれも席につきません。

ムーミンパパが、開会のことばをのべました。パパは、このパーティーが開かれたわけを話して、トフスランとビフスランにお礼をいいました。

そして北欧《ほくおう》の短い夏を、みなさんできるだけたのしみましょうといって、こんどは自分の若《わか》いころのことを話しだしました。

そこに、ムーミンママが山もりのパンケーキを運んできたので、さかんな拍手《はくしゅ》が起こりました。

かたくるしい空気は消えて、パーティーはたちまち活気づきました。

庭いっぱいに、というよりムーミン谷全体が、ホタルやツチボタルの小さなともしびがきらめくテーブルで、うめつくされました。木につるしたちょうちんは、海へと向かう夜風にゆれて、光っています。まるで大きな、美しいくだものみたいに。

ロケット花火が、八月の夜空にいっせいよく飛《と》び交《か》って、高いところでパン、パーンとはじけては、白い星の雨になり、ゆっくりやさしく谷にふりそそぎます。あらゆる小さな生きものたちが、星の雨を見上げてさけびました。

「いいぞ！」

まあ、なんというすばらしさでしょう。

つぎに「銀の泉《いずみ》」が吹《ふ》き上《あ》がり、木々の上では「ベンガルの雪嵐《ゆきあらし》」が、シュルシュルうずをまいて回りました。

そこへムーミンパパが、庭の小道をぬけて、赤いパンチ酒の入った大だるを転がしてきました。

だれもかれもがそれぞれのコップを手にかけつけると、ムーミンパパはわけへだてなく注《つ》いであげました。コップやボウル、白樺《しらかば》の皮で作ったさかずきや、貝がらもあれば、葉っぱを三角に折っただけのものもありました。

「トフスランとビフスランに乾杯《かんぱい》！」

ムーミン谷にみんなの声が響《ひび》きわたります。

「ばんざあい！」

「だんざあい、ばね！」

トフスランとビフスランも乾杯しました。

そのときムーミントロールが、いすの上に立ち上がっていいました。

「さてぼくは、スナフキンのために乾杯したいと思います。この夜を、ひとり南へ向かっているスナフキンは、ここにいるぼくたちと同じように、きっとしあわせにしているでしょうが、どうかテントを張《は》るのにちょうどいいところが見つかって、明るい気持ちでいられます

ように！」

ふたたびみんなは、めいめいのコップを高くかかげたのでした。

ムーミントロールがすわると、スノークのおじょうさんがささやきました。

「とってもいいスピーチだったわ」

「いや、それほどでもないけどね。まえもって考えておいたんだ」

ムーミントロールは、照れながら答えました。

するとムーミンパパが、オルゴールを庭へ持ち出して、大きなスピーカーにつなぎました。

たちまち谷のあちこちが、おどったり、はねたり、足をふみ鳴らしたり、くるっと回ったり、羽をばたつかせたりするもので、いっぱいになりました。木の妖精《ようせい》たちは髪《かみ》をなびかせて舞《ま》い、つがいのねずみが気どったようすで、あずまやの中をくるくるおどっています。

ムーミントロールは、スノークのおじょうさんの前へ行って、おじぎをしました。

「おどりませんか」

そして頭を上げたとき、木々のこずえの上に、きらきら光っているものが目に入りました。

八月のお月さまです。

すべるようにのぼる月はこいオレンジ色で、信じられないほど大きく、お砂糖《さとう》で煮《に》たアプリコットみたいに、はしが少しぼやけていました。たちまちムーミン谷は、神秘的《しんぴてき》な光と影《かげ》で満たされました。

「ほら、見て！　今夜なら、きっとお月さまのクレーターだって見えるわよ」

と、スノークのおじょうさんが指さしました。

「あそこはおそろしくなにもないんだろうな。かわいそうに、飛行おにのやつ、あんなとこを探《さが》し回《まわ》ってるんだよ」

ムーミントロールは思いをめぐらせました。

「いい望遠鏡があったら、あの人が見えるんじゃない？」

スノークのおじょうさんがいいましたが、ムーミントロールはこう答えました。

「そうだね。でも、今はおどろうよ！」

パーティーは、いよいよもりあがっていきました。

「つえ、ねかれたの？」

そっとビフスランが聞きました。

「かうん、うんがえてたんだ。なんなとてもやさしくしてくれるから、みにかおかえしをしなくちゃってさ」

トフスランが答え、ふたりはしばらく、こそこそとささやいたり、うなずいたりしていました。それから自分たちのひみつのかくれ家《が》に行き、もどってきたときには、例の旅行かばんを運んできたのでした。

もう十二時をたっぷりすぎたころ、ふいに庭中が、ぱっとバラ色の光でいっぱいになりました。またあたらしい花火が上がったのかと思って、だれもかれも、ダンスをやめて立ち止まりました。

でもそれは、トフスランとビフスランが、旅行かばんを開けたからなのでした。

草の上に置かれたルビーの王さまは、この世のなによりも美しく輝《かがや》いています。木につるされたちょうちんも、いいえ、お月さまでさえ、輝きを失って、青ざめて見えるほどです。

みんなはうやうやしい気持ちに打たれて、ことばもなく、燃《も》えるように光っている宝石《ほうせき》のまわりに集まってきました。

「こんなきれいなものがあるのねえ」

ムーミンママは感激《かんげき》していいました。

スニフは、深いため息をつきました。

「トフスランとビフスランは、しあわせだなあ」

そして暗い大地に赤い目のように光っているルビーの王さまの輝《かがや》きが、遠い月にいた飛行おにの目にもとまりました。

ちょうど、もうルビーを探《さが》すのをあきらめて、つかれきった体でしょんぼりとクレーターのふちに腰《こし》を下ろし、ひと休みしていたのです。黒ヒョウは、少しはなれたところで眠《ねむ》っていました。

そのとき飛行おには、地球の上に輝く赤い点の正体が、すぐにわかりました。世界でいちばん大きいルビー、何百年もまえから探《さが》しつづけていたルビーの王さまにちがいありません。

すぐさま、はじかれたように立ち上がると、飛行おには目をぎらぎら光らせて、いそいで手ぶくろをはめ、マントをふわりと肩《かた》にかけました。

今まで集めた宝石《ほうせき》は、みんな地面に放り投げました。飛行おにがほしい宝石は、たった一つしかありません。そしてそれが、半時間とたたないうちに手に入るのです。

黒ヒョウが、主人を背中《せなか》に乗せて、舞《ま》い上《あ》がりました。光よりも速く、はてのない宇宙《うちゅう》を飛んでいきます。

いくつもの流れ星が、シューッと横切っていき、星くずが吹《ふ》きよせられる雪のように、飛行おにのマントにくっつきます。下から放たれる赤くまばゆい光は、いよいよあざやかに目にうつりました。

飛行おには、まっすぐムーミン谷をめがけて飛び、最後にふわりとジャンプすると、山のてっぺんに着地しました。

ムーミン谷の人たちは、ルビーの王さまを前にして、しばらく静かにもの思いにふけっていました。だれもが心の中にしまってある、いちばんくっきりと美しくすばらしい思い出が、このルビーの炎《ほのお》の中にうつっているような気がしました。みんなはそういうものを思い返したり、もう一回感じたくなったのです。

ムーミントロールは、スナフキンの夜中の散歩を思い出しましたし、スノークのおじょうさんは、あの木の女王を手に入れたとき、どんなにほこらしかったかを考えました。それからムーミンママは、日ざしがふりそそぐ中、あたたかい砂《すな》の上に寝《ね》ころがって、風にゆれるはまかんざしの花の間からながめた青い空に思いをはせていたのです。

みんなの心は、はるかかなたの思い出の中へ飛んでいっていました。

だから、赤い目をした小さい白ねずみが一ぴき、とつぜん森の中から出てきて、こそこそとルビーの王さまに近づいていくのを見て、だれもがびっくりしました。おまけに、そのねずみの後ろからまっ黒なねこがあらわれ、草むらで、大きくのびをしているではありませんか。

ムーミン谷では、白ねずみも黒ねこも、だれも見たことがなかったのです。

「にゃんこちゃん、おいで」

ヘムレンさんが呼《よ》びかけましたが、ねこは目を閉《と》じてしまい、返事もしません。

こんどは森ねずみが、

「いとこさん、こんばんは！」

と、声をかけましたが、白ねずみは赤い目で、ゆうつそうにじっとこちらを見返しただけでした。

そこでムーミンパパが、コップを二つ手にして、あたらしく来たお客に、たるのパンチ酒をごちそうしようとしました。しかし、白ねずみと黒ねこは、目もくれないのです。

ムーミン谷は、重苦しい空気につつまれ、みんなは不安そうにささやきあいました。トフスランとビフスランも落ちつきがなくなり、ルビーを旅行かばんにしまって、かぎをかけました。

それから、ふたりがかばんを引っぱっていこうとすると、白ねずみが後ろ足で立ち上がり、ぐんぐん大きくなっていったのです。ムーミンやしきほどの大きさにふくれあがるやいなや、白い手ぶくろに赤い目をした飛行おにに変わりました。そして、すっかり変身をおえると、草の上にすわりこんで、トフスランとビフスランをにらみつけたのです。

「みっちへいけ、あにくいじじい」

と、ビフスランがさけびました。

「おまえらはルビーの王さまを、どこで見つけたのだ」

飛行おにが聞くと、トフスランがいいました。

「おけいな、よせっかいだ」

トフスランとビフスランの、こんなに勇敢《ゆうかん》なすがたは、だれも見たことがありませんでした。

「わしはそいつを、三百年も探《さが》していた。ほかに心ひかれるものはなにもない」

飛行おにはいいましたが、ビフスランもやり返します。

「おれわれだって、わんなじだい」

「ルビーの王さまをこの子たちから取っちゃだめだよ。それは、モランから正式に買ったんだ」

ムーミントロールが口をはさみました。

飛行おにの古いぼうしと引きかえだったことは、だまっていましたけどね。とにかく飛行おには、あたらしいぼうしをかぶっていましたし。

「なにか食べるものをくれ。これじゃあ、神経《しんけい》がまいってしまう」

飛行おにがそういうと、ムーミンママはすぐさま、大皿いっぱいのパンケーキとジャムを持ってきました。

むしゃむしゃ食べている飛行おにに、みんな少しずつ近づいていきました。ジャムをのせたパンケーキを食べている人なら、そんなにこわくはありませんからね。話しかけたってだいじょうぶでしょう。

「でいしい、おしょ？」

と、トフスランがたずねました。

「うん、ありがとう。パンケーキを食べるのは、なにしろ八十五年ぶりだものなあ」

飛行おにがいいました。

すっかり飛行おにに同情《どうじょう》して、みんなはもっと近くまでよっていきました。

パンケーキをたいらげると、飛行おにはロひげをふいて、いいました。

「きみたちのルビーを、取り上げるわけにはいかない。買ったものなら、買い取らせてくれ。しかし、なにかな、たとえばダイヤモンドの山二つと、谷いっぱいの色とりどりの宝石《ほうせき》とで、売ってくれないかね？」

「だめ、だい！」

トフスランとビフスランがいいました。

「どうしても、わしにはわたせないというのか」

「め、だー」

飛行おにはため息をついて、しばらくすわりこみ、とてもかなしそうに考えこんでいましたが、ようやく口を開きました。

「よろしい。じゃあ、パーティーをつづけたまえ。わしはきみたちのために、ちょっとした魔法《まほう》を使うことにするよ。ひとりに一つずつ、魔法をかけてあげよう。さあ、なにか望みはあるかな。まずは、ムーミン家の方々！」

ムーミンママがためらいがちに、聞いてみました。

「それはなにか、目に見えるものでなければだめですか。それとも、目に見えないものでもだいじょうぶ？　わたしのいう意味がわかります？　飛行おにさん」

「ああ、もちろん。目に見えるものなら、もちろんかんたんだ。しかし、思っていることや考えていることだって、かまわんよ」

飛行おにが答えると、ママはいいました。

「それではわたし、お願いしますわ。ムーミントロールが、スナフキンのことをもうかなしまないようにって」

「あれっ。ぼく、そんなに顔に出ちゃってたんだ」

ムーミントロールは、鼻を赤らめました。

そして飛行おにが、さっとマントをひとふりすると、ムーミントロールのかなしみは、たちまち飛び去っていきました。スナフキンに対するせつなさは、また会える日を心待ちにする気持ちに変わってしまったのです。このほうが、ずっとよいものでした。

「ぼく、いいことを思いついたぞ！」

ムーミントロールは、さけびました。

「ねえ、飛行おにさん、このテーブルを、なにもかも上にのせたまま、スナフキンのとこまで飛ばしてやってよ。どこにいるのかわからないけれど、今いるところへさ」
　とたんにテーブルがふわりと木々のてっぺんまで持ち上がり、パンケーキやジャムや、くだものや花や、パンチ酒やお菓《か》子《し》をのせたまま、南のほうへ飛んでいきました。テーブルのすみに置いてあった、じゃこうねずみの本までいっしょに。
「おい、こら！　わしの本を返してくれ。今、すぐにじゃ！」

わめくじゃこうねずみに向かって、飛行おにはいいました。

「もう、手おくれだな。かわりに、あたらしい本をあげよう。さあ！」

「『すべてが役に立つことについて』だって？　こりゃ、どうしたことだ。わしの持っていた本は、『すべてがむだであることについて』じゃったのに」

じゃこうねずみは文句《もんく》をいいましたが、飛行おにはただ笑っているだけです。

「さあ、こんどはわたしの番だ」

と、ムーミンパパはいいました。

「しかし、選ぶのはひどくむずかしいな。思いつくものはどっさりあるが、ぜったいにこれ、というものがない。温室は自分で作ったほうがおもしろいし、ボートだってそうだ。たいていのものは手に入れているしなあ」

「なにも望むことがないんじゃないの。だったら、ぼくがかわりに二つかなえてもらうってのはどうかな？」

こう、スニフがいいました。

「うーむ。しかし、一回だけだというならば……」

まよっているムーミンパパを、ママがせっつきました。

「おいそぎにならなくちゃ、あなた。それなら、あなたの自伝をとじるすてきな本のカバーにしたら」

「おお、そいつはいいね」

パパはうれしそうです。

そして飛行おにが、赤いモロッコ革《がわ》で金の箔《はく》おしがあり、表紙に真珠《しんじゅ》まではめこんだ、本のカバーを二つムーミンパパにわたすと、みんないっせいに、拍手《はくしゅ》かっさいしたのです。

「こんどは、ぼくだい！」

と、スニフがきいきい声でさけびました。

「ぼくは自分のボートがほしい！　紫《むらさき》の帆《ほ》、ジャカランダ（のうぜんかずらの一種）のマストと、オール受けがぜんぶエメラルドの、貝がらみたいなボートだよ！」

「そりゃあ、ごうかだね」

飛行おにはやさしくいって、マントをひとふりしました。

みんなは息をのんで、待ちました。でも、ボートがあらわれません。

「なにも出てこないよ？」

がっかりしたスニフに、飛行おにがいいました。

「なに、ちゃんとあるさ。ただ、ボートは浜辺《はまべ》にあるんだよ。明日《あす》の朝、行ってごらん」

「エメラルドのオール受けはついてるよね？」

「もちろんだ。四つついてて、予備《よび》のも一つあるぞ。さあ、おつぎは？」

「ふむ。正直にいうと、わしはスノークから借りていた植物採取《さいしゅ》のスコップを、こわしてしまった。だから、どうしてもあのかわりが必要なんだが」

こういってヘムレンさんは、飛行おににあたらしいスコップを出してもらうと、上品にひざを折っておじぎしました。長いスカートをはいておじぎをすると、少しやぼに見えることを気にして、ヘムレンさんはひざをまげておじぎするのですよ。

「魔法《まほう》を使うのに、もうつかれちゃいました？」

スノークのおじょうさんが聞きました。

「こんなやさしいことでは、つかれやしないさ。で、かわいらしいおじょうさんはなにをお望みなのかな」

「わたしのはほんとにむずかしいのよ。お耳をかしていただけます？」

おじょうさんがささやくと、飛行おには少しおどろいてたずねました。

「おじょうさんは、本当にそれでいいんだな？」

「ええ、もちろん！」

「ふむ。では、そのように。そら！」

そのとたん、おどろきのさけびが、みんなの口からほとばしりました。スノークのおじょうさんの顔が、まるっきり変わってしまったからです。

「いったいきみは、なにをどうしたかったの？」

と、ムーミントロールはあわてていいました。

「わたし、あの木の女王さまみたいな目がほしかったのよ。だってあの人のこと、きれいだっていったじゃない？」

「ああ。で、でも……」

ムーミントロールは、顔をくもらせて、もごもごいいました。

「わたしのあたらしい目、きれいだと思わないの？」

と、スノークのおじょうさんは、泣きだしてしまったのです。

「おやおや。もしよろしくないのであれば、きみの兄さんに、元の目を取りもどしてもらえばいいさ。どうだね」

飛行おにがいいました。

「そりゃそうだけど、ぼくはまるっきり、べつのものを考えていたんですよ。妹のやつが、ばかなことを望んだとしても、そりゃぼくのせいじゃないですし」

こういってスノークは、不服そうに答えました。

「じゃあきみは、どんなことを考えていたのかな？」

飛行おには、つづけて聞きました。

「機械です。ものごとが正しいか正しくないか、よいかわるいかを、見きわめる機械なんです」

と、スノークはいいました。

「そいつはむずかしすぎるなあ。わたしには、どうにもならんよ」

「だったら、タイプライターでいいや。こっちの目でも、妹はきれいだもの」

「うむ。しかし、まえほどかわいくは見えないがねえ」

と、飛行おにはいいました。

「ねえ、お願い！」

鏡を手に、スノークのおじょうさんがしくしく泣いています。

「どうかわたしの、むかしのかわいい目を取りもどしてちょうだい。わたし、ものすごい顔になっちゃってるわ」

「まあ、いいだろう」

スノークは気をとり直して、いいました。

「いいかい、これは一族の名誉《めいよ》を思ってのことだ。だが、これからはもう少し、つまらん見《み》栄《え》を張《は》らないでもらいたいね」

スノークのおじょうさんは、ふたたび鏡を見ると、よろこびの声をあげました。見おぼえのある、あのかわいい目にちゃんともどっていましたし、まつげは本当のところ、まえよりもちょっぴり長くなっていたのです。

おじょうさんは、はじけるような笑顔《えがお》で、兄にだきついていいました。

「すてき！　兄さん、大好き！　タイプライターは、わたしが春のプレゼントに買ってあげるわ」

スノークはすっかり閉口《へいこう》していいました。

「よせやい。みんなの前で、キスなんかするなよ。ぼくは、ただおまえがあんなひどい顔をしているのは、見ちゃいられなかったんだ。それだけのことさ」

「さあ、ムーミン家にいる人で残っているのは、トフスランとビフスランだけだ。きみたちはまとめて望みをいってくれ。わしには、ふたりの区別がつかんのでな」

「じんたは、あぶんでじぶんののぞみをかなえることはできないの？」

トフスランが聞きました。

「できないんだよ。わしができるのは、他人の願いをかなえてやることと、自分のすがたを変えることだけなんだ」

飛行おにはかなしそうです。

トフスランとビフスランは、じっと飛行おにを見つめていましたが、それから頭をよせあって、長いことささやきあいました。

するとビフスランが、かしこまっていいました。

「あれわれは、わんたのかわりにおねがいすることにした。いんたは、あいひと。おれとおなじだけ、こおきくてきれいなルビーをだして」

飛行おにが笑うことができるなんて、だれも思っていませんでした。でもそのとき、みんなは飛行おにがにっこりしたのを、はっきり見ました。どんなに飛行おには、うれしがっていたことでしょう。ぼうしのてっぺんから足の先まで、それこそよろこびがあふれていたのです。

ひとこともいわずに飛行おには、草の上でマントをさっとひとふりしました。すると、ほら！　たちまち、庭はまっ赤なバラ色の光で満たされて、「ルビーの王さま」と対《つい》の宝石《ほうせき》、「ルビーの女王さま」が、みんなの目の前にあらわれたのです。

「とれであんたも、こってもうれしいね」

トフスランがいいました。

「もちろんだ！」

飛行おにはそうさけぶと、きらきら輝《かがや》いている宝石《ほうせき》をそっと持ち上げて、マントでくるみました。

「さあ、小さなはい虫たちも、森のねずみたちも、谷中の小さな生きものたちはみんな、願いをいうといい！　朝になるまでは、みんな望みをかなえてやるぞ。太陽がのぼるまえに、わしは家に帰らねばならないのでね」

パーティーは、むせかえるような熱気につつまれました。

飛行おにの前には、長い長い行列ができました。ぺちゃくちゃしゃべったり、笑ったり、ぶつぶついったり、さけんだりしています。森に住む生きものたちがみんな、望みをかなえてもらおうとならんだのです。

ばかな願いをしたものには、やりなおしの機会さえもあたえられました。それほど飛行おにには、きげんがよかったのです。

ふたたびダンスがはじまり、焼きたてのパンケーキをのせた手おし車が、木々の下に運ばれてきました。ヘムレンさんは、ひっきりなしに花火を打ち上げますし、ムーミンパパはあの美しいカバーをつけた自伝を持ってきて、子ども時代の思い出を、声高く朗読《ろうどく》しました。

これほど盛大《せいだい》なパーティーは、ムーミン谷で、本当に初めてだったのです。

なにもかも食べつくし、飲みつくして、思うぞんぶんおしゃべりをして、足がもつれるほどダンスをして、夜明けまえのひっそりした森の中を、眠《ねむ》るために家へ帰っていく。おお、なんて心おどり、すばらしい気持ちだったことでしょう。

それから飛行おにには、世界のはてへ飛んでいきました。お母さんねずみは、草むらの巣の中にもぐりこみました。でも、どちらも同じように、とても幸福だったのです。

それにしても、いちばんしあわせだったのは、ママといっしょに庭をぬけて家へ帰っていくときの、ムーミントロールだったでしょうね。

折しもお月さまは、夜明けの光の中でうすらいでいき、木々は、海から吹《ふ》いてくる朝のそよ風に、サラサラと音を立てていました。

ムーミン谷に、もう秋が来たのでしょうか。でも、それでなくては、春はまためぐってきませんものね。

解説《かいせつ》「自然のなかで」

高橋静男《たかはししずお》
（フィンランド文学研究家）

フィンランド人は極北の人々だけに〈夏〉に寄《よ》せる思いには強いものがあります。寒く、暗く、長い冬がつづくのですから、あたりまえなことかもしれませんが、ただ、それだけでもないようです。

フィンランドでは毎年五月ごろになると、夏の天気を心配する声があちこちできかれます。また、夏も終わりの八月の末ともなると、今年の夏休みは、やれ太陽が何日間も照ったとか、湖水の温度が十何度もあったとか、すぎさった夏の気象《きしょう》についてまじめな顔つきで話しあうようすが見られます。この国の北部では、冬に太陽がのぼってこない日が、約五十日間つづきます。ですから、日光不足をおぎなおうとして夏の日光浴が必要となり、しぜんに太陽への関心が強くなるようです。

とにかく四月ともなると、日本人のわたしにとってはオーバーを着たいほど寒い日でも、都会の公園や近くの海辺で日光浴をする人がでてくるのです。ヘルシンキのような都会でも、夏には午後三時半に勤務《きんむ》が終わると近くの浜辺《はまべ》へ日光浴にゆく人がおおぜいいます。

夏への思いは、長い夏休みがあることによって、ますます高められます。フィンランドでは、大人にも、楽しく長い夏休みがあります。日光浴をするだけではなく、ヨットにのって気のむくままにひと月くらい航海《こうかい》にでかけたり、森や島の別荘《べっそう》で生活したり、友人の家のパーティーにまねかれたり、文化・学問と芸術《げいじゅつ》などに関する長期や短期の催《もよお》し物《もの》に合宿参加したりと、家族のみんながさまざまな楽しみ方をしています。時間をたっぷりかけて、ひとりひとりが好きなことに没頭《ぼっとう》しているわけです。それでも、おたがいのすごし方を尊重《そんちょう》し、受け入れあっています。ちょっと日本とはようすがちがうようですね。

湖岸にサウナ小屋、森に丸太小屋というのが、人口四百九十万人、湖の数が十八万のフィンランドに見られるもっとも典型的《てんけいてき》な夏の風景です。

人々は、澄《す》んだ泉《いずみ》や井戸の水と、森でひろう豊富《ほうふ》なたきぎを使い、湖でとれる魚や畑の野菜、森の木の実やきのこといった自然の恵《めぐ》みを料理し、半自給自足の生活をするのです。原始の風情《ふぜい》を残している自然のなかで、原始的な生活を基盤《きばん》に、各人が好きなことをするのが、夏休みのいちばん大きな楽しみなのです。

子どもたちは友だちどうしでキャンプをします。自分たちですべて計画し、実行しています。こまったときには相談にのってくれますが、あれこれ注意したり、見張《みは》ったりする大人はいません。成功しても失敗しても、結果はすべて子どもたち自身のものなのです。

ながながとフィンランドの人々の夏について書きましたのは、そこにムーミン童話の世界と共通していることがたくさんあるからです。そのなかから三つほどあげてみましょう。

第一に、生活が自然のなかで行われているということです。フィンランドの人々にとって自然は、「保護《ほご》」するものでもなく、ときどきいって「見る」ものでもありません。自然は、共に生きる相棒《あいぼう》であり仲間です。海と大地と大気に生き、小さな生きものにあいさつをおくるムーミンたちにとっても同じでしょう。

第二に、夏という季節への思いの深さです。登場人物は夏に期待し、青空にあこがれ、夏にはばたいています。冬は暗く、厳《きび》しく、長いからです。だから、ムーミントロールは八月の終わりごろになるとゆううつになり、パパのごきげんもわるくなってしまいます。

第三に、出会いの機会を多くもっていることです。ムーミンやしきはほとんどかぎがいらないくらいに、いろいろなものがやってきては住みつきます。この本では、じゃこうねずみやビフスランとトフスランがそうですね。

作者のヤンソンさんもまた多くのフィンランドの人と同様に、小さいころから夏の三、四か月をフィンランド湾《わん》の北岸の村や小島ですごしてきました。そこでたくさんの小さな動物や鳥、虫たちと友だちになったのです。大人になってからは、子ども時代の夏をすごした島の近くの小島を借りて、そこで夏をすごしています。木もほとんどはえていない荒《こう》涼《りょう》とした絶海《ぜっかい》の孤島《ことう》ですが、ヤンソンさんはこの島を愛し、ここで好きな絵と文章をかいて、ムーミン童話の多くを作りだしました。

フィンランド人もヤンソンさんも、自然のなかでおもいきり好きなことをして、自然と共に生きるという感覚、「共生感」を身につけてきました。これは、「自然へかえれ」というよりも「自然のなかで生きよう」という考え方です。したがって、原始社会に見られた共生感とも同質《どうしつ》ではありません。

ムーミン童話はヤンソンさんがうみだしたことにまちがいはないのですが、そこには、フィンランドの風土や、フィンランド人の季節観や自然観も反映《はんえい》されています。

ムーミン童話が、子どもから大人まで、たくさんの人々に親しまれてきた理由の一つには、こうした深い意味が作品のなかにあるからではないでしょうか。

（一九九〇年のものを再録しました）

トーベ・ヤンソン

画家・作家。1914年8月9日ヘルシンキに生まれる。芸術一家に育ち、15歳のころには挿絵画家としての仕事をはじめた。ストックホルムとパリで絵を学び、1948年に出版した『たのしいムーミン一家』が評判に。1966年国際アンデルセン大賞、1984年フィンランド国家文学賞受賞。おもな作品に、「ムーミン全集」(全9巻)、『少女ソフィアの夏』『彫刻家の娘』、絵本『それから どうなるの?』、コミック『ムーミン』などがある。2001年6月逝去。

山室 静（やまむろ しずか）

文芸評論家・翻訳家。1906年鳥取県生まれ。高校卒業後、代用教員等を経て、岩波書店に入社。退社後、東北大学文学部で学ぶ。雑誌「近代文学」等の創刊に参加し、日本女子大学教授をつとめる。北欧文学に造詣が深く、ムーミン童話全集をはじめ、多くの作品を翻訳し、日本に紹介した。著書に『アンデルセンの生涯』(毎日出版文化賞受賞)、『山室静著作集』(平林たい子賞) など多数。2000年逝去。

たのしいムーミン一家《いつか》 特装版《とくそうばん》

2024年 7月 30日　第1刷発行

著　者　　トーベ・ヤンソン
訳　者　　山室《やまむろ》 静《しずか》
翻訳編集　　畑中麻紀
ブックデザイン　　脇田明日香
発行者　　森田浩章
発行所　　株式会社講談社
〒112-8001 東京都文京区音羽 2-12-21
電話　編集 03-5395-3535　販売 03-5395-3625　業務 03-5395-3615
印刷所　　株式会社新藤慶昌堂
製本所　　大口製本印刷株式会社

KODANSHA

N.D.C.993 236p 16cm ISBN978-4-06-536099-6

トーベ・ヤンソン ムーミン全集［新版］全9巻

1

『ムーミン谷の彗星』

下村隆一／訳

あと4日で地球滅亡……!? 衝突の危機がせまった彗星を調べるため、ムーミントロールはスニフと天文台へ。スナフキン、スノークのおじょうさんとの出会いも。

2

『たのしいムーミン一家』

山室 静／訳

魔法って、しあわせ？ ムーミンたちは、ある春の日に、魔物のぼうしをひろいます。ムーミントロールはおかしなすがたに変えられてしまって……。

3

『ムーミンパパの思い出』

小野寺百合子／訳

自由と冒険をもとめる、人生の賛歌。ムーミンパパは、みなし子ホームを抜け出し、個性的な仲間たちとともに旅に出ます。スナフキンとスニフの親も登場！

4

『ムーミン谷の夏まつり』

下村隆一／訳

ムーミン谷が洪水にみまわれ、流れてきた家にうつり住んだムーミン一家。それは劇場で、みんなはドタバタと芝居をすることになりますが!?

5

『ムーミン谷の冬』

山室 静／訳

見えるものだけが、すべてじゃない……。ムーミントロールは、冬眠中にひとり起きてしまいました。そこは、ひそやかな生きものたちが存在する世界でした。

6

『ムーミン谷の仲間たち』

山室 静／訳

心にしみる、9つの物語。冷たい言葉をいわれすぎ、すがたが見えなくなってしまったニンニや、スナフキンが名まえをあげたはい虫たちの、珠玉の短編集。

7

『ムーミンパパ海へいく』

小野寺百合子／訳

この島は、なにかがおかしい……。ムーミンパパは灯台守になるといいだし、一家は小さな島へとうつり住みます。でも、まったく思いどおりにはならなくて……。

8

『ムーミン谷の十一月』

鈴木徹郎／訳

ムーミン一家に会いたい。ミムラねえさん、スナフキンらが会いたかったムーミン一家は、家におらず、6人が勝手に奇妙な共同生活を始めます。

9

『小さなトロールと大きな洪水』

冨原眞弓／訳

一度出版したきり長い間再版されなかった、幻の1作目。どこかへ行ってしまったパパと、冬ごもりのための家を探して、ママとムーミントロールが旅します。

30年のロングセラー改訂版！

自分らしさを見つける、
北欧の夏がここにあります——

トーベ・ヤンソンによる
小さな島を舞台にした短編集。

少女ソフィアの夏 新版

トーベ・ヤンソン

渡部 翠＝訳

母を亡くした少女と祖母の自由な会話と
大切な教えが心にしみます。